中国梦·红色经典电影阅读

渔光曲

王春霄 编著

云南教育出版社

图书在版编目（CIP）数据

渔光曲 / 王春雷编著 . —北京：中华工商联合出版社，2013.7

ISBN 978-7-5158-0596-2

Ⅰ.①渔… Ⅱ.①王… Ⅲ.①中篇小说—中国—当代 Ⅳ.①I247.5

中国版本图书馆 CIP 数据核字（2013）第 157931 号

渔光曲

编　　著：	王春雷
策　　划：	徐　潜
责任编辑：	魏鸿鸣　效慧辉
封面设计：	赵献龙
责任审读：	郭敬梅
责任印制：	迈致红
出版发行：	中华工商联合出版社有限责任公司
印　　刷：	天津海德伟业印务有限公司
版　　次：	2014 年 3 月第 1 版
印　　次：	2018 年 4 月第 2 次印刷
开　　本：	710mm×1000mm　1/16
字　　数：	120 千字
印　　张：	15
书　　号：	ISBN 978-7-5158-0596-2
定　　价：	29.80 元

服务热线：010—58301130
销售热线：010—58302813
地址邮编：北京市西城区西环广场 A 座
　　　　　19—20 层，100044
http：//www.chgslcbs.cn
E-mail：cicap1202@sina.com（营销中心）
E-mail：gslzbs@sina.com（总编室）

编 委 会

主　　编：赵　刚

副 主 编：堵　军

总 顾 问：赵　刚

文字统筹：严　锴

编　　委：张照富　李洪伟　曹英甫　顾清亮

　　　　　李　岩　赵献龙　赵　惠　王　跃

　　　　　丁传刚　韩会凡

演职员表

编　　剧：蔡楚生

摄　　影：周　克

作　　词：安　娥

导　　演：蔡楚生

布　　景：方沛霖

音　　乐：聂　耳

　　　　　电通公司国产三友式录音机配音

说　　明：蔡楚生

剧　　务：孟君谋

监　　制：罗明佑

录　　音：司徒慧敏　谭宏达

创制工程师：司徒逸民马德建　龚毓珂

制 片 主 任：陆涵章

作　　曲：任　光

徐　妻 ………………………………………… 汤天绣

何子英幼年 ………………………………… 钱　锽

徐　福 ………………………………………… 王桂林

剧情说明

　　这是发生在 20 世纪 30 年代东海边一个渔民家庭的悲惨故事。在一个寒冬的清晨，渔民徐福喜得一对双胞胎，为了好养活，哥哥取名叫阿猴，妹妹取名叫阿猫。徐福为了还大渔主何仁斋家的债，在隆冬季节冒险出海，不幸遭遇恶劣天气，葬身海底。徐福的妻子徐妈为了小猴、小猫还有婆婆一家四口人的生计，无奈只好到大渔主何仁斋家去做工，给何仁斋家的小少爷何子英当奶妈，一家人靠徐妈的微薄收入艰难为生。何子英与小猴、小猫同龄，由于徐妈的乳汁既要给何家的小少爷何子英吃，又要给自己家的一对双胞胎吃，所以导致奶水不够，无奈，徐妈只好让儿子小猴受些委屈，经常没有奶水给他吃。

　　在小猴和小猫十岁那年，一日婆婆忽然重病突发，卧床不起。邻居遂叫回了正在同何家小少爷何子英在海边玩耍的小猴和小猫，看到徐福的妈妈恐怕不行了，邻居便与其商量将在大渔主何仁斋家做工的徐妈叫回来。这时何家小少爷何子英自告奋勇回家叫徐妈。此时徐妈正在何家做家务，在听何子英说了婆婆病重不起后，徐妈当场昏厥了过去，在倒地的瞬间碰碎了何家的古董瓷器。大渔主何仁斋便小题大做，以此为借口，将

— 1 —

徐妈辞退，赶出了何家。徐妈拎着行李急急忙忙地回到家，与婆婆见上了最后一面……

数年后，何家少爷何子英和徐妈家的一双儿女小猴、小猫都长大成人。小猫和小猴继承父业，仍然靠租赁何家的渔船捕鱼度日。而此时，何子英却登上了去国外学习渔业知识的游轮。鱼越来越不好捕了，每天捕的鱼有时都不够交船租的，无奈，为了维持生计，徐妈无论白天晚上，没日没夜地开始在家编织渔网，好卖了补贴家用。一日深夜，土匪来袭，在劫掠大渔主何仁斋家未果的情况下对渔村进行扫荡。尽管徐妈听到动静就急急忙忙地开始隐藏快要编织好的鱼网，但鱼网还是被土匪们抢走了。

徐妈由于彻夜编织鱼网，双眼太劳累，导致双目失明。

大渔主何仁斋自从受到土匪的骚扰后，便着手整理家眷、行李，举家迁往上海。并在上海友人梁月舟的大力帮助下共同成立了华洋渔业公司，并聘请了日本人做公司的顾问。在乡下渔村，小猴和小猫依旧靠捕鱼为生，但却难以维持生计。后全家决定，到上海去投奔舅舅。到上海后，在找工作多次碰壁的情况下，小猴和小猫开始到垃圾堆捡垃圾。后来舅舅看他们捡垃圾没有保障，无法照顾家用时，便教授两人"滑稽戏"，跟着自己在街头的"自由舞台"演出"滑稽戏"，小猫的歌曲《渔光曲》很受人们的喜爱。

小猫全家到上海不久，何子英从国外学成归来。他看到小猴和小猫为了养家糊口而在街头演出时，便慷慨相助了他们一笔资金，让其照顾家用。不曾想这笔钱被警局误认为是银行被劫的钱，随后小猫和小猴被关押起来。但很快抢劫银行的真凶被抓，小猴和小猫也沉冤得雪，当庭释放。当两人买了肉和包子兴高采烈地回到家时，却发现妈妈和舅舅连同那间茅草屋一同被烧为灰烬了。

此时，华洋渔业公司的总经理何仁斋正在同新娶的老婆薛绮云饮酒作乐。但何子英却发现了公司里的诸多疑点，包括账目不清，设备高于市场价等，遂告诉父亲何仁斋并决定进行调查。薛绮云在得知何子英开始怀疑华洋渔业公司账目时，便给何仁斋留下一封诀别信后不辞而别。与此同时，何仁斋的好友，华洋渔业公司的经理梁月舟也携款潜逃。何仁斋遭梁月舟算计，导致破产，遂饮弹自尽。何子英本想回国后将自己的所学应运于国内的渔业当中，成就一番事业。遭此变故，从此何子英孑然一身。不久他找到了一个当机械渔船船长的工作，并将小猴和小猫也安排到了这艘船上工作。但由于船工人力消耗大，在船上也吃不好，小猴积劳成疾，倒在了渔船上。最后小猴听着妹妹小猫那凄凉的《渔光曲》，在她的怀中永远闭上了双眼。

序

曾经，拾起过草地上被吹落的发黄的银杏叶，夹在了日记里，再打开时，记住了那个秋天里青春的憧憬；

曾经，哼起过电台里被播放的欢快的流行曲，抄在了笔记上，再打开时，记住了那段岁月里相伴的愉悦；

曾经，流连过影院里被放映的精彩的故事片，存在了脑海中，再打开时，记住了那些回味里温暖的片段；

我们的曾经，是记忆的积累，留不住岁月，却留住了记忆。翻开日记时，银杏的纹络依然清晰，打开笔记时，歌词的墨迹仍然青涩。那些往事都留住了，只是在某个时刻，突然想起了那部电影，多少却有些浅忘，因为我们的笔记本里承载不了那么多的信息，只能记在脑海里，在岁月的洗涤中淡却了一些章节。

我们一直致力于电影连环画在读者中的普及，十年间制作了数百本电影连环画，发行量近百万册，在读者中建立了良好的口碑并取得了积极的社会效应。今天，我们将那些存在我们记忆深处的经典电影以图文版的形式制作成册，让我们重新回味那脍炙人口的故事，再度拾起从前那观看电影的快乐时光。

抬一把凳子，再也找不到露天电影；下一段视频，却没有充裕的时间观看；那么，就躺在床上，翻开这一本本图文本，将故事延续到梦里——记得那时年少，记得那时年轻，记得那时……

　　枕边，这一册册的电影图文本，还有一摞摞的日记和笔记本，都是我们记忆中的音符，目光触及时，在心里流淌成歌，相伴过的曾经，把美好的记忆延续到永远。

赵刚

2014 年 3 月 6 日

目　录

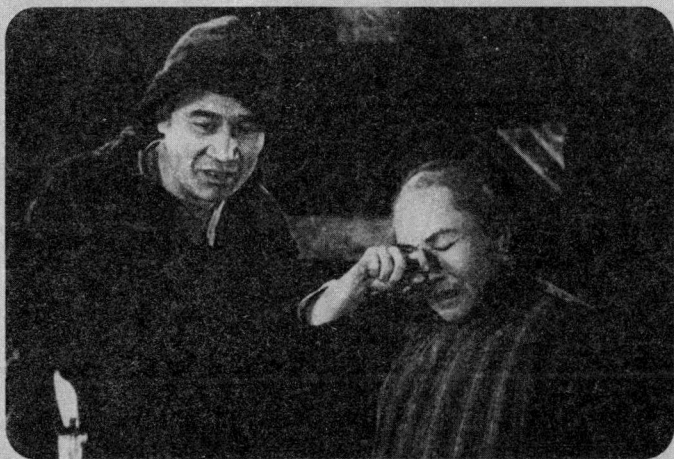

第一章

喜添儿女

东海，烟波浩渺，碧波万顷，天水一色。充满着云水烟霞的东海，它不仅因其景色秀美与怡人为诗人所赞美，更因其物产丰富，深受周边渔民的垂青。东海属于亚热带和温带气候，利于浮游生物的繁殖和生

☆东海，碧波万顷。20世纪30年代，在这里生活的渔民受尽渔主、鱼行剥削，命运极其悲惨。

长，是各种鱼虾繁殖和栖息的良好场所，也是我国海洋生产力最高的海域。自古以来，东海都是渔民们撒网捕鱼的最佳鱼场。20世纪30年代，在这里生活的渔民受尽渔主、鱼行剥削，命运极其悲惨。清晨，当一轮红日在海面漂浮上升之时，那淡淡的晨光穿过薄薄地云层，晨光普照下的东海海面上，成群的渔船已经出海了，浩浩荡荡的渔船，载着渔民们的希望和幸福出发了。黄昏时分，当夕阳又慢慢地滑落在海面时，落日的霞光，催促着出海的渔民们慢慢地将渔船靠岸，渔民们一天的劳累和辛苦都在此时变得那么的富足。

　　徐福，和全村大多数人一样，都是大渔主何仁斋的租户。在一个冰天雪地的夜晚，徐福拎着一只又粗又矮的木水桶出门了。徐福身材不是很高，虽然说只有三十来岁，但看上去却像是四十开外的年龄了。他经常穿着一件肩头打着补丁的褂子，头上戴着一顶毡帽，脚上穿着一双破旧的方口布鞋。徐福拎着水桶，急急忙忙地朝离家门口不远的河湾里走着，他要去河湾里打水。他家用水，不管是烧水做饭还是洗衣服浇菜，他一年四季都是到河湾里来拎水。很快，徐福便到了河湾，已经到了北风呼啸、雪花飘飘的季节，所以河湾里也结了不薄不厚的冰。曾经流水潺潺的河湾，此时已经被如玻璃般纯洁的冰给整个的覆盖上了，远远地看上去，像是一块为这个河湾量身定做的巨大的玻璃罩，很是好看。徐福此时无暇欣赏这冬日的美景，

他看着这结了冰的水面，慢慢地走到跟前，他并没有直接走到冰上，而是站在河堤边上，然后伸直了胳膊，用手里的水桶用力地朝着冰面上砸了几下。很快，随着徐福用水桶不停撞击，冰面先是有了一个小洞，然后在徐福继续用水桶撞击下，很快就砸出了一个脸盆大的洞口。徐福小心地将水桶摁了下去，轻轻一使劲儿，一桶水就从里面提了出来，徐福拎着一桶冰水快步往家赶去。

☆徐福，和全村人一样，都是大渔主何仁斋的租户。在一个冰天雪地的夜晚，他拿着水桶砸开河湾里的冰块，拎了桶冰水回家。

徐福的妻子快要生孩子了，生孩子要用到水，可是家里一点水也没有了，甭说热水，就是冷水，就是

一块儿冰都没有，所以徐福这才急急忙忙地去河湾里
拎水。到了家，徐福将水桶里的冰水倒进了灶上的铁
锅中，然后又忙着抱柴禾、找火柴，这才将火点着。
说是锅和灶，其实就是用三块大石头垒了个"品"字
形，然后在这三块石头上架着一只铁桶，铁桶下边就
是燃烧着的柴禾。徐福一边烧水，一边不停地将双手
在蹿出来的蓝色的火苗边上来回的揉搓着，天太冷了，
徐福也忍不住想烤烤手，好暖和些。徐福在灶上烧着
水，接生婆和徐福的母亲都在屋里屋外不停地忙碌着。
徐福不停地往灶里添着柴禾，他知道时间不等人，所
以想把水赶快烧开，好随时准备用。没过一会儿，在

☆他的妻子快要生孩子了。他在灶上点火烧水，接生婆和他的母亲都在屋
里屋外忙碌着。

熊熊烈火的炙烤下，铁桶里的水终于沸腾了。接生婆这时端着一个大大的木盆走了过来，示意徐福将铁桶中的开水倒入木盆。徐福连忙手里拿了两块湿布垫在铁桶上，将开水倒进了木盆中。开水流着，那白腾腾的水蒸气慢慢地向上升腾着，很快就将徐福的脑袋整个给笼罩了。徐福忽然感觉到脸上湿湿的、润润的、暖暖的，一种从未有过的轻松笼罩着了他，他静静地享受着这个飘渺的瞬间。

接生婆在屋子里忙前忙后地跑着，一会准备剪刀，一会儿准备棉布，一会儿准备热水……忙得不亦乐乎。徐福媳妇此时正在床上痛苦地挣扎着，披头散发的模

☆"哇——哇——"孩子生下来了。接生婆高兴地对徐福说："恭喜你，是一个男孩儿啊！"徐福笑逐颜开地走过去看看。

样不说，嘴里还歇斯底里地大声地喊着。徐福的母亲坐在儿媳妇的身后，双手紧紧地搂着她，帮助她生产。徐福媳妇的两只手都没闲着，左手紧紧地抓着身子下边的褥子，手上的青筋一根根地分外显眼，像是一只只随时准备跳跃的蜈蚣。她的右手使劲地握着婆婆搂在腰间的手，仿佛恨不得将手指甲嵌入婆婆的手中。徐福的媳妇正在经历着女人一生中最痛苦的煎熬，同时也在煎熬中等待着幸福时刻的到来。接生婆此时半蹲在床上，一边观察着徐福媳妇的生产情况，一边不停地鼓励着她，不停地说道："用力！对，用力！使劲儿……好……再加一把劲儿……快出来了……好，用力……出来了……"然后，就听"哇——哇——"的几声啼哭，孩子生了下来。接生婆高兴地对徐福说道："徐福，恭喜你，是一个男孩儿啊！"听了接生婆的话，徐福笑逐颜开地走过去看看。

　　徐福看到老婆为自己生下了一个男孩，心里别提多高兴了。他看着这个刚刚出世的小男孩，身上肉嘟嘟的，很是可爱。要不是孩子已经被棉布包裹上了，他真想抱着孩子，在孩子的身上好好地亲吻一番，恨不得孩子的每一寸肌肤自己都能亲到。这时接生婆还在忙活着，好像在观察着什么。接生婆根据自己多年的接生经验，感觉徐福的媳妇好像还没生完。"好像是双胞胎，也许还有一个。"果然，过了一小会儿，接生婆大声地叫道："啊！果然是双胞胎!"原来她看到从

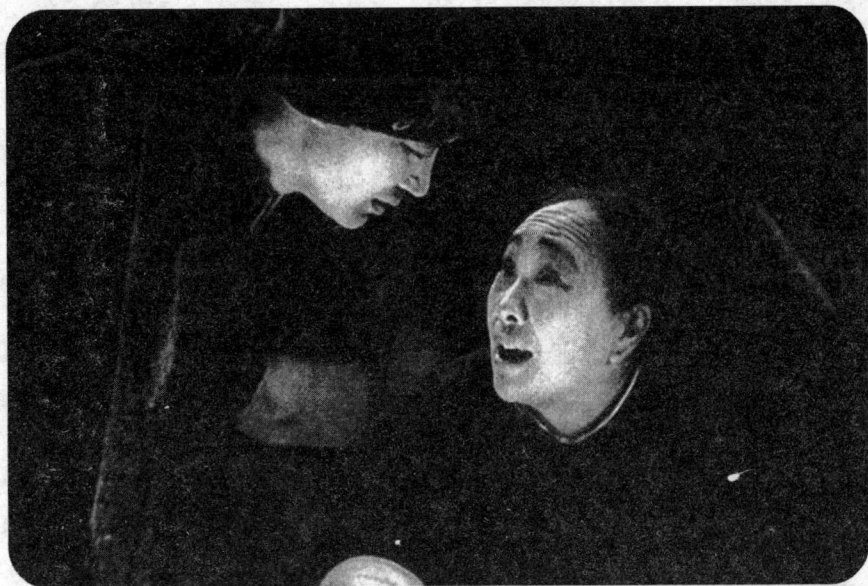

☆过了一会儿，接生婆叫道："啊！是双胞胎呢！"于是又接出了第二个："恭喜，这是一个女孩儿啊！"

徐福媳妇的身体里又露出了一个小脑袋。这时徐福的媳妇已经没有丝毫力气了，只见她的额头上汗水涔涔地直往外冒，那一条条血管都胀的像要鼓出来似的。徐福的母亲此时是又高兴又心痛，高兴的是儿媳妇给徐家生了一对双胞胎，这让她很是高兴。心痛的是，看到儿媳妇此时的难受劲儿，都快痛得昏过去了。这时，接生婆将第二个孩子接了出来，激动地对徐福说道："恭喜啊，这是一个女孩儿！"

徐福的母亲此时刚将第一个出生的孩子用温水洗好，然后用棉布好好地包裹了起来。然后一听说是双

胞胎，还有一个孙女儿，这下可高兴坏了。她将孙子洗地干干净净后，又急急忙忙地抱着孙女，放到了盛着温水的大脸盆里。看着可爱的小孙女，徐福的母亲，用那双长满老茧的手拿着棉布，蘸着温水轻柔地将刚出生的孙女儿浑身上下好好擦洗了一番。然后又用干的棉毛巾将湿漉漉的孙女儿擦干，再用棉布严严实实地包了起来。此时，徐福的妻子很是虚弱地斜躺在床上，两个孩子并排躺在妈妈身边，两个刚出生的孩子模样看上去很是可爱，肉嘟嘟的脸蛋，粉红色的皮肤，白白的小手，很招人喜欢。徐福看着躺在媳妇身边的两个孩子，一个儿子、一个女儿，难得的双胞胎。儿

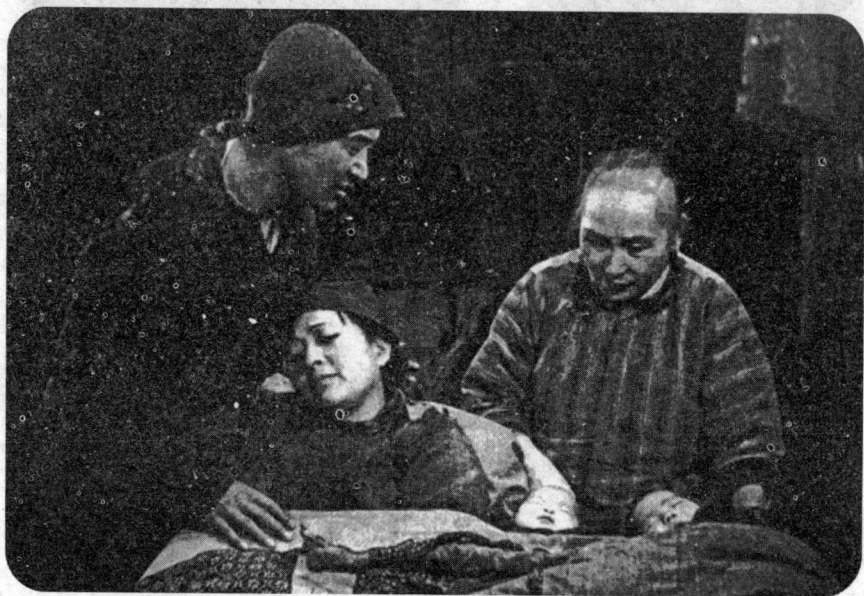

☆奶奶把两个孩子洗过包好后放在床上。徐福看着一对可爱的小宝贝开心地笑了。

子重六斤七两多，女儿虽然略轻些，但也有五斤多了。两个孩子此时静静地躺在妈妈身边，眼睛紧紧地闭着，正在享受着人间的美好时刻。

看着躺在床上的母子三人，很快，徐福的心情又沉重起来，在昏暗的烛光的映照下，徐福毡帽下的脸显得那么憔悴，充满了倦容，露出满脸的忧愁与无奈。站在一旁的母亲好像也突然想到了什么，对徐福说道："何老爷的船租恐怕不能再捱下去了，现在我们家又添了两个孩子，这往后的日子可怎么过呢？"徐福的母亲知道儿子徐福此时心里在想什么，本来一家三口人的

☆很快，他的心情又沉重起来，露出满脸的忧愁。母亲也想到了什么，对他说："何老爷的船租恐怕不能再捱下去了，现在又添了两个孩子，往后的日子可怎么过呀？"

日子就不好过，还欠着何大户家的租金呢，现在又多了两张嘴，这以后的日子自然不用说了，会更不好过。此时的徐福也是悲喜交加，喜的是自己喜得一对双胞胎儿女，让自己看到了希望与未来；悲的是，自己本来就过着吃了上顿没下顿的日子，以后会更加不好过。妻子刚生完孩子，不仅什么活儿也做不了不说，还得有人照顾，关键的是坐月子需要补充营养，家里饭都吃不饱，又如何给妻子增加营养呢？母亲年事已高，身体还时不时地闹毛病，看病也需要花钱……

桌子上的蜡烛燃烧着，淡淡红色的烛焰衬着浅蓝色的火苗，使整个屋子有着点点的忧郁与灰暗。虽然一对双胞

☆徐福知道在这寒风凛冽的冬季出海捕鱼的艰辛，但他叹了口气无奈地说："真没有办法时，我也就只好到海上去拼命了！"

胎刚呱呱落地，但对于徐福和徐福的母亲甚至徐福那由于身体虚弱而昏睡的妻子来说，那份从天而降的喜悦并没有持续多长时间，随之而来的却是今后日子的辛酸与生活的窘迫。但这所有的一切，家人的生计、孩子的抚养……都将是压在徐福身上的一副重担。望着烛光残照下的这个悲凉的家，徐福的心情久久不能平静。以后只能靠自己了，否则这个家就会倒塌。两个孩子刚出生，一定要健康地成长，对于两个孩子来说，母乳是必不可少的营养。所以一定要让孩子的母亲得到好的营养，只有这样才能有足够的乳汁来给孩子们吃。看着这一切，徐福虽然知道在这寒风凛冽的冬季出海捕鱼的艰辛，但他叹了口气无奈地说道："要是真没有办法时，我也就只好到海上去拼命了！"

　　徐福的母亲听了徐福的话，看着无奈的徐福，使劲地对他摇了摇头，禁不住流下了辛酸的眼泪……现在这么冷的天，基本没人出海。一是因为季节原因，冬季的鱼相当不好捕，天气寒冷，越是接近水面，水温就越低，所以鱼都在水下很深的地方，不容易捕捞。二是因为这个季节，海上的情况很是复杂，经常伴有风暴什么的出没，所以此时出海危险性很大。徐福的母亲听儿子说为了养家糊口，要出海打鱼，她心里能不难受么。这分明就是去赴一趟不归路啊！但是，这又有什么办法呢？现在无论如何，两个孩子已经出生了，总不能看着他们饿死吧。一家子由原来的三张嘴变成如今的五张嘴，柴米油盐都是不小的开支，没有

收入，这些就都没有着落。所以徐福的母亲听了徐福的话，只能在心里默默地难过、偷偷地流泪。徐福其实自己也是很矛盾的，他知道在这个寒风凛冽的冬季出海捕鱼，是何等的困难。不但鱼有可能捕不着，甚至有可能把命也丢在这茫茫大海上。

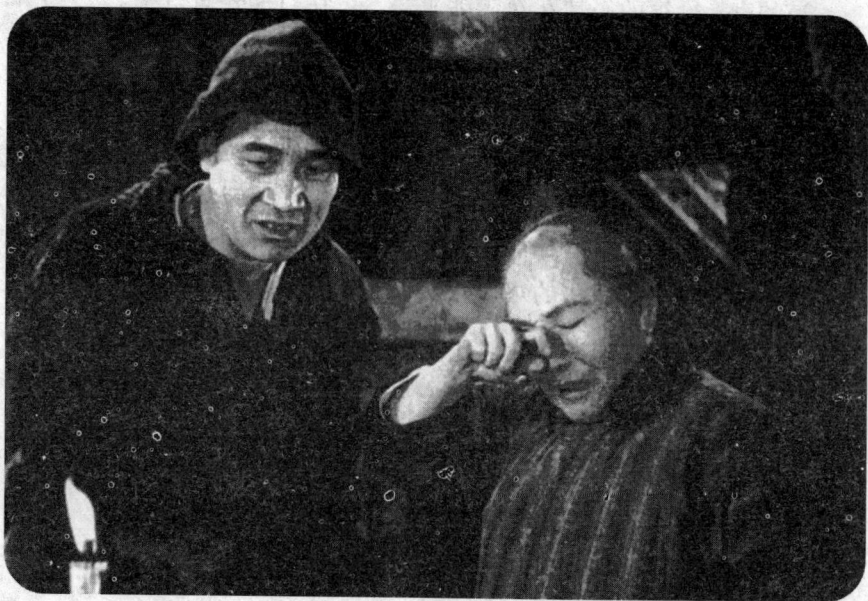

☆母亲听了这话，摇摇头，禁不住流下辛酸的眼泪……

　　每一天都是一个新的开始，生活还得继续。为了全家人的生计，徐福最终还是决定出海捕鱼。虽然天寒地冻，虽然海上情况复杂，但徐福知道他再不出去捕鱼，那么家里的锅都揭不开了，妻子也会没有奶水给孩子们吃，那最直接的结果就是这一对刚出生的双胞胎儿女会饿死。还好，虽然出海捕鱼充满了无尽的、

艰辛，但徐福的每一次出海都会或多或少有些收获，
每次将所捕的鱼产品换成米面油盐，都是他最幸福的
事情。徐福的妻子和母亲每天精心地照顾着两个孩子，
小日子虽然艰苦，但也算勉强过得去。但其实一家人
除了两个嗷嗷待哺的孩子以外都知道，海上气候变幻
莫测，特别是在这个季节，一旦天气有什么变化，遇
上大风大浪，那将是凶多吉少……果不其然，天有不
测风云，人有旦夕祸福。一个风雨交加的日子，徐福
和几个渔民又挣扎着出海了。但这次，他们的渔船没
能抵挡住惊涛骇浪的撞击，再也没有驶回来……

☆一个风雨交加的日子，徐福和几个渔民又挣扎着出海了。但这次，他们
　的渔船没能抵挡得过惊涛骇浪的撞击，再也没有驶回来……

第二章

何家做工

　　徐福的妻子和母亲，还有他两个尚在哺乳期的儿女，最终没有等到徐福的归来。徐福的离开，让这个本来就生活艰辛的家庭更是雪上加霜。屋外是冰霜雨

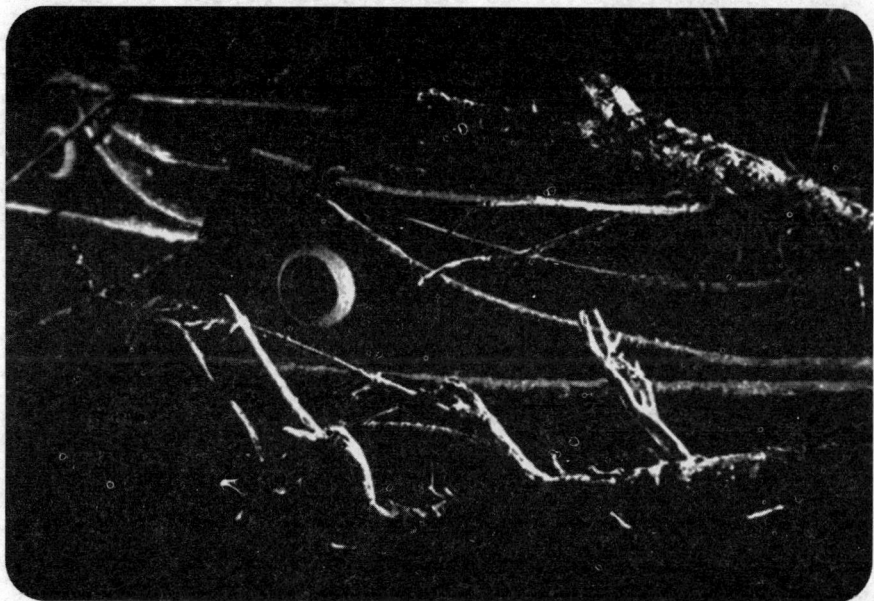

☆屋外是冰霜雪雨，徐福的妻子望着两个可怜的孩子下定决心：无论如何得想办法把孩子们拉扯大！从此，徐福的妻子忍痛抛下一对嗷嗷待哺的儿女，到大渔主何仁斋家去做奶妈。

雪的肆虐，屋内是孤儿寡母的三代四人，一个老人，一个寡妇，还有两个婴儿。此时，徐福的妻子望着躺在床上两个可怜的失去父亲的孩子下定决心：无论如何也要想办法把两个孩子拉扯大！现在徐福虽然走了，但是家不能倒，不能散！虽然丈夫永远地离开了，但日子还得继续，两个孩子也还是要养育的。面对当前的困境，解决关乎生计的柴米油盐是目前的重中之重。现在要想养家糊口，只有靠自己了，婆婆已经七十多岁高龄了，根本不可能承担这一重任。只有自己走出去做营生，这样才能让这个破落的家勉强维持下去。从此，徐福的妻子忍着巨痛，狠心抛下一对嗷嗷待哺的儿女，到大渔主何仁斋家去做奶妈。

一天，正在大渔主何仁斋家当奶妈的徐福的妻子得知自己的儿子因为没有奶吃而生病了，还病得相当厉害，她心如刀割。她不知道自己的儿子到底怎么样了？想马上能给他喂奶，这样他的病可能会好些。母子连心，徐福的妻子实在无法忍受这种牵挂儿子的痛，她想趁着小少爷睡着的时机，回去看看儿子，一是给他喂奶，二是顺便看看孩子的病情，到底怎么样了。想到这儿，徐福的妻子便托一个小丫头帮忙照看熟睡中的小少爷，自己从后门悄悄回家去看望儿子。小丫头年龄太小了，她平时在大渔

主何仁斋家也只是当个使唤丫头，自己还是贪玩儿
的年龄，哪能帮忙照看小少爷呢？小少爷在摇篮里
开心地睡着了，小丫头开始还好，静静地坐在摇篮
旁边看着熟睡中的小少爷。可是小丫头毕竟年龄太
小了，没过一会儿，自己坐在那里也熬不住了，最
后就趴在摇篮边上睡着了。

☆一天，徐妈得知儿子因没有奶吃，病得厉害，心如刀割。她托一个小丫
　头照顾熟睡的小少爷，自己从后门悄悄回家去看望儿子。小丫头因太劳
　累，趴在摇篮边上睡着了。

徐福的妻子没有想到的是，就在她离开的这个时
间段，还是出事了。徐福的妻子刚离开时，小少爷还
在甜蜜的梦乡当中。所以她才委托那个小丫头帮忙照

看，她认为，小少爷一般这个时候睡觉都是要睡很久的，中间也不会醒来，更不会哭闹，因此她才想利用这个时间段回家看看自己的儿子。徐福的妻子以为小少爷即使醒了有小丫头在旁边逗他玩，他也不会哭闹的。再说，自己家离大渔主何仁斋家也不远，很快就回来了。徐福的妻子以为自己安排得天衣无缝，可惜，事情并非她所愿。没一会儿小少爷就醒了，不知这小家伙是饿了，还是在梦中被惊醒了。突然莫名其妙地哭了，本来就趴在摇篮边睡着了的小丫头理应是能听到的，可偏偏这次却睡得有点儿实，没听到。倒

☆何太太被小少爷的哭声惊醒，跑进房来，一看徐妈不在，推醒那小丫头质问："徐妈到哪里去了？"小丫头答道："徐妈的儿子病得厉害，她回去看儿子了。"

是何太太被小少爷的哭声惊醒了，跑进房来，一看徐妈不在，便一把推醒睡在摇篮边上的小丫头质问道："徐妈到哪里去了？"小丫头答道："徐妈的儿子病得很厉害，她回去看儿子了。"

再说徐福的妻子，急急忙忙地回家看了看孩子，然后又慌里慌张地喂了孩子几口奶，又向婆婆交待了几句，便火急火燎地往大渔主何仁斋家跑去。她担心小少爷醒了，再让大渔主何仁斋家里人看见自己没在，那就麻烦了。到了大渔主何仁斋家，徐福的妻子没敢走正门，而是还像出去一样，偷偷地从后门走了进来。

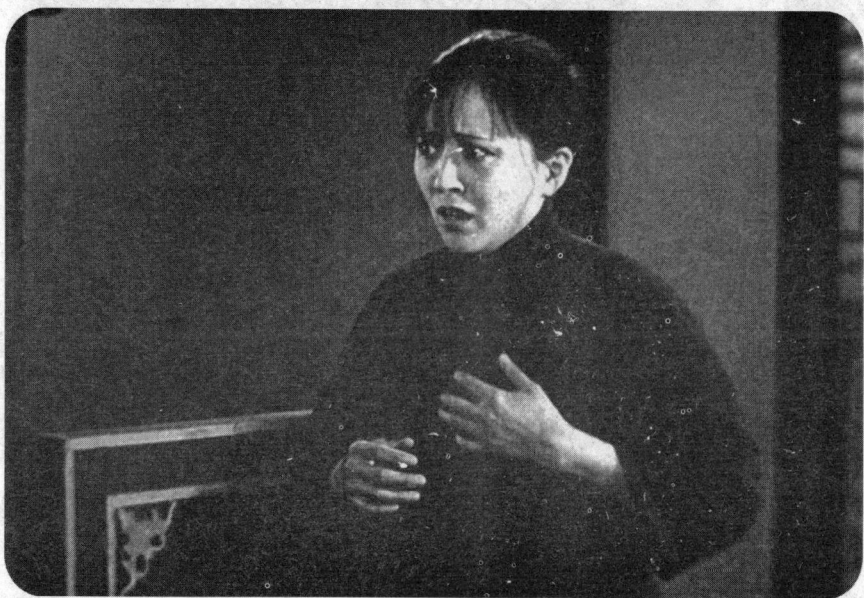

☆徐妈从后门回来，轻手轻脚地走上楼梯。看到何太太已经怀抱着小少爷，吓得手足无措。

轻手轻脚地走上了楼梯。刚上楼梯，徐福的妻子就看到客厅的门大开着，小丫头在一边呆呆地站着，摇篮车空空如也。看到这儿，徐福的妻子心里"咯噔"一下，有种不好的预感。她再轻轻地往前走了两步，果不其然，看到何太太怀里抱着小少爷，正在客厅里来回地踱着步，看到这儿，徐福的妻子吓得手足无措。徐福的妻子心想，自己自打到大渔主何仁斋家当奶妈以来，一直兢兢业业，尽职尽责，将小少爷喂养得白白胖胖，自己也从来没有出过任何的纰漏，这是自己唯一一次"逃岗"，还被何太太给撞上了。

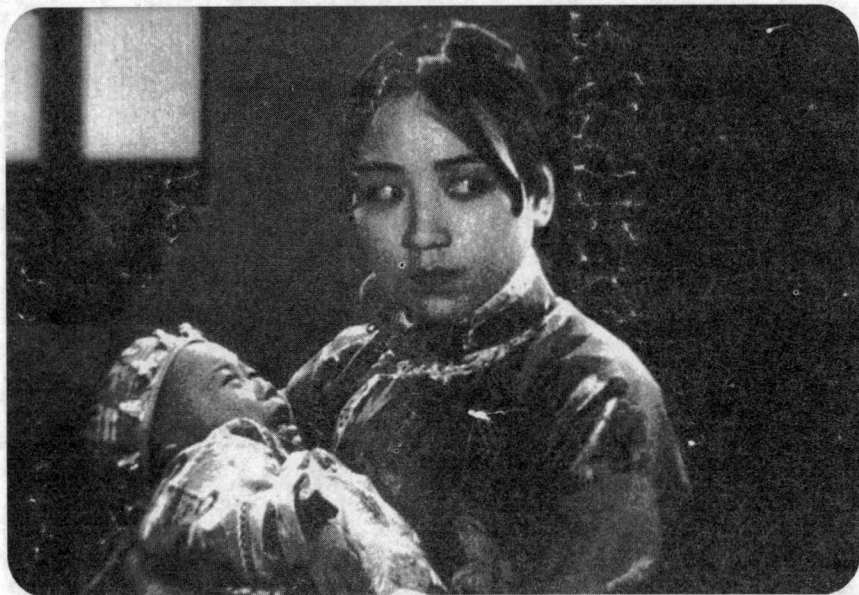

☆何太太歪着头，斜视着她说："怎么？我买好菜给你吃，是让你回家去喂胖自己的孩子吗？"徐妈忙解释："太太，因为孩子病得很重，我才趁着小少爷睡着的时候回去看看的。"

这时何太太抱着儿子转过了身，看到徐福的妻子上了楼梯，何太太用眼睛直视着徐福的妻子，像警察审视小偷一般。徐福的妻子看到何太太那犀利的目光，更是吓得不知如何是好，走路也有些哆哆嗦嗦。逃避也不是问题，徐福的妻子壮着胆子朝着何太太走了过去，然后朝着何太太怀中的孩子伸出了颤抖的双手。何太太歪着头，斜视着徐福的妻子，恶狠狠地对她说道："怎么？我买好菜给你吃，是让你回家喂胖自己家的孩子吗？"何太太一边咄咄逼人地说着话，一边斜着身子不停地晃动着怀里的小少爷。

看着何太太那气急败坏的样子，徐福的妻子连忙

☆何太太咄咄逼人地说："你的孩子生病要紧，我的孩子你丢下不管，弄出病来就不要紧吗？"

解释道："太太，因为我家孩子生病了，并且病得很重，所以我才趁着小少爷睡着的时候回去看看的……"何太太看了看怀里正在哭闹的小少爷，然后又看了看手足无措的徐福的妻子，咄咄逼人地对她说道："你的孩子生病了要紧，我的孩子你就丢下不管不顾啦？那要弄出病来就不要紧了吗？"这何太太就是想借题发挥，典型的得理不饶人。其实她也知道徐福的妻子平时给小少爷当奶妈还是很尽职尽责的，小少爷的身体也一直很好，健健康康的，根本也不会得什么病的，就更别说就这么一会儿会有什么病。她就是小题大做，要让徐福的妻子知道，她是来大渔主何仁斋家当奶妈的，不是她想走就走，想离开就离开，想干吗就干吗的。此时徐福的妻子已经被何太太的责骂吓坏了，只是一味地低着头，双手不停地互相揉搓着，恨不得地上有条缝裂自己赶紧钻进去。

听着何太太的斥责，徐福的妻子一句话也不敢还口，伸过手去抱小少爷。此时，小少爷在何太太的怀里并不安生，不停地哭闹。小少爷可能是被他妈妈大声的说话声吓着了，哭得越来越厉害。何太太见自己气也撒得差不多了，小少爷也不停地哭啼，猜他可能是饿了，想吃奶了。何太太这才气呼呼地把孩子使劲往徐福的妻子手里一塞，又狠狠地瞪了她一眼，然后

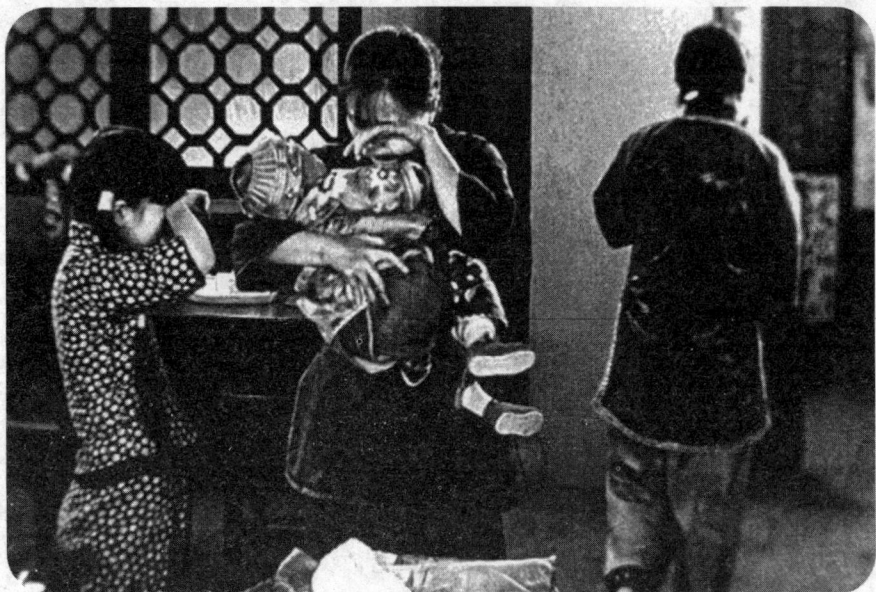

☆徐妈惊恐万状，一句话也不敢还口，伸过手去抱小少爷，何太太气呼呼
地把孩子塞给徐妈，狠狠地瞪了她一眼，转身回房去了。

　　转身回房去了。临走时，还不忘扭回头来看看。此时的小丫头已经被刚才何太太的气势吓坏了，一个劲不停地在抹眼泪。她没想到事情会这样，她没想到自己会趴在小少爷的摇篮边睡着了；没想到小少爷突然会醒，并且还哭出了声；没想到自己居然睡得那么死，没听到小少爷的啼哭声；没想到何太太会进来，并且还会对徐福的妻子发这么大的脾气。这一切都是小丫头没预料到的，尽管她知道徐福的妻子不会怪罪自己，但她还是感觉有些过意不去。

　　日复一日，年复一年，弹指一挥间，春去秋来，徐福的妻子已经在大渔主何仁斋家做了十年奶妈了。这十年对于徐福的妻子来说，可以说是忍辱负重的十年，由于她精心地照料和细心地呵护，自己的双胞胎儿女和大渔主何仁斋家的小少爷也都长大了。十年，说长不是太长，但也绝对不是很短。十年间，徐福的妻子不但要伺候大渔主何仁斋家的小少爷，还要养育自己的一对双胞胎儿女以及赡养八十多岁高龄的婆婆，这一切，都由徐福的妻子一个人来扛。十年时间，她就是这样一步一步地熬出来的。十年间，徐福的妻子经历了无数的风雨、经历了无数的霜冻也经历了无数

☆春去秋来，徐妈忍辱负重地在何家做了十年奶妈，孩子们也都长大了。

的冰雪，但当她看到孩子健健康康、快快乐乐地长大的时候，无论自己的儿女还是大渔主何仁斋家的小少爷，都让她感觉到一种成就感，那是一个伟大的母亲理应的感受。

在徐福妻子的精心照料和呵护下，大渔主何仁斋的儿子——何子英长得聪明健壮，英俊帅气。何子英同他的父母何仁斋与何太太不一样，他自小都是徐福的妻子一把屎一把尿，一口奶一口米喂养大的，所以在何子英的眼里，他觉得徐妈一家很可怜，非常同情他们。虽然是出生在地主富豪之家，从小也生长在这

☆由于徐妈的精心照料，何仁斋的儿子子英长得聪明健壮。他觉得徐妈一家很可怜，非常同情他们。

种环境之下，但他的骨子里却和他的父母不一样。也许是自小他就吃徐妈的奶水，所以她对徐妈包括她的两个孩子是有感情的。他知道虽然父母给了自己生命，让自己有幸出生在这个世界上，但是，他是吃徐妈的奶水长大的，是在徐妈的怀抱里成长的，他对徐妈的感情是发自内心的，也是挚诚的。徐妈作为一个渔民的妻子，诚实善良是她的本质，作为两个孩子的母亲，那种母爱无时无刻不在流露，所以他对和自己的孩子年龄差不多的何子英，也视同已出，现在看着何子英也长大了，徐福的妻子心里也很欣慰。

徐福的一对双胞胎儿女也长大了，女儿小猫、儿

☆徐妈的女儿小猫、儿子小猴，也都在苦水中长大了。小猫长得聪明活泼，歌也唱得很好。

子小猴，也都是打小在苦水中跌打滚爬着长大的。由于母亲在大渔主何仁斋家当奶妈，要照看大渔主何仁斋家的小少爷何子英，所以她也很少有时间能好好地亲近自己的两个孩子——小猴和小猫。自古就有"穷人的孩子早当家"这一说，果不其然，别看小猴和小猫出身贫寒，从小就没了父亲，母亲也常常不在身边，但两个孩子还是在年老体弱的奶奶的照料下快乐地成长着。可怜两个孩子的奶奶，都一大把年纪了，还得照看两个孩子，还好两个孩子很懂事，别看小猫年纪不大，但长得聪明活泼，美丽可爱，特别是歌也唱得很好听。

就这样，十年过去了，小猴和小猫两个孩子也由嗷嗷待哺的一尺长的婴儿长成了四尺高的小男孩和小姑娘。一天，小猫和小猴来到海边的岩石上玩耍，两人先是拿了根竹竿，上边绑了根细线，细线的中间位置缠着一根又短又细的干木棍当浮漂，细线的一头拴着一个用细铁丝弯成的鱼钩，鱼钩上边还挂着两人从菜地里挖的蚯蚓，然后两人就开始坐在岩石上钓鱼了。不知道是海里的鱼儿不饿还是它们嫌蚯蚓不好吃，总之，好长时间过去了，鱼线上的浮漂只是随着海面晃来晃去，并没有往海里下扎的迹象。两人忍不住，拎上来看看，鱼钩上的蚯蚓乖乖地还挂在上面。

☆一天，小猫和小猴在海边岩石上玩耍。

　　小猫和小猴互相望了一眼，就这一瞬间的对视，两人已经形成了默契，不钓鱼了。把鱼竿放一边，在海边捡起了小石子，一边捡，还一边朝海面上撇着水花。小猫和小猴玩得开心得不得了。

　　别看小猫比小猴出生的晚，还是个女孩，但她的身体素质要比哥哥小猴好上很多。小猴因为小时候体弱多病，又没有奶吃，严重的营养不良使他变成了一个消瘦痴憨的孩子。草帽下的那张脸，杏叶般的黄，看上去是那么的消瘦。身体看上去也很是羸弱，一副弱不禁风的样子，根本就不像个十来岁的小男孩。在朝大海的海面

上撒石子溅水花时，小猴每次扔出的石子都撒不远，更多的是在距离不远的地方贱起一个水花，然后就直接沉入水底了。倒是小猫，由于小时候体质本身也好，营养也算跟得上，还时不时跟奶奶下田种地和上山捡柴，所以体格显得健康许多。两人撒了会儿水花，感觉没什么意思，便又开始钓鱼。这次两人没有再拿蚯蚓当鱼饵，而是小猫从草地里抓了只蚂蚱，然后把蚂蚱的头、脚和翅膀都拽掉，就剩下蚂蚱白白的肚子，小猫将它挂在了鱼钩上，然后就将鱼钩甩了出去。就这样，小猫和小猴又开始了漫长的等待。

☆小猴因为幼时多病，又没有奶吃，严重的营养不良使他变成了一个消瘦痴憨的孩子。

　　何子英这时也放学了，小猫和小猴玩耍的地方正是何子英放学的必经之路。远远地，何子英就看到了小猫、小猴在海边玩耍，他一边跑一边叫着奔了过来。他先是大声吆喝了一声："小猫！"然后就突然地弯下腰藏在了一块大石头后面。小猫和小猴正玩得起劲，隐隐约约地听到有人叫自己，小猫有些迟疑地扭过身来看了看，却没看到什么人。小猴看着小猫说道："你怎么啦？"小猫对哥哥说道："刚才我好像听到有人叫我！你没听到吗？"小猴笑着说道："怎么会呀，我没

☆子英这时也放学了，他老远就看到了小猫、小猴，一边跑一边叫着奔过来。

有听到呀。"小猴的话刚说完，就听到远处传来一声："小猴！"这下该小猴感觉纳闷了，他木讷地扭回头，依然是啥也没看到。难道是自己听错了？不过这次小猫也听到了，分明是有人在喊"小猴！"两人经四周看了看，除了不远处一群在吃着青草的山羊，再没有其他活物了。此时的何子英，正斜挎着书包，偷偷地躲在一块大石头后边呵呵发笑。

何子英看着小猫和小猴一脸迷惘的样子，很是高兴。过了片刻，躲在大石头后边的何子英又故伎重演，大声地冲着小猫和小猴吆喝道："小猫！"这次小猫是听了个清清楚楚，真真切切，虽然海浪的声音有些嘈杂，但小猫和小猴都听到何子英的这声吆喝了。"肯定是何子英放学啦！"小猫对哥哥小猴说道。小猫悄悄地对哥哥小猴说道："哥哥，咱们就当没听到，让他先自娱自乐会儿吧。"小猴一听小猫这样说，感觉很好玩，便同意了。再说躲在大石头后边的何子英，见吆喝之后没反应，他以为是自己声音太小，小猫没听着。他便又把头从石头后边探出来大声吆喝了一声："小猴！"喊完后何子英这次并没有马上把头缩回去躲起来，而是探着个脑袋想看看两人发现自己时的惊喜。他哪里知道，小猫和小猴兄妹两个已经都商量好了，假装没听到。何子英弄了个自讨没趣，便自己从大石头后边

站了出来，一边吆喝着一边跑了过来。小猫、小猴见到何子英还是非常高兴的，尽管家庭背景不同，但孩子们的天真无邪使他们成为了要好的朋友。

☆小猫、小猴见到子英非常高兴，尽管家庭背景不同，但孩子们的天真无邪使他们成为了要好的朋友。

看到何子英自己跑出来了，小猫和小猴会意地笑了笑。小猫和小猴已经习惯了，每次何子英放学回来，看到他俩在海边，就会来这一招。开始几次小猫和小猴还都煞有介事地四处寻找躲藏起来的何子英，但是没过几次，两人就明白何子英的小把戏了，便对何子英的吆喝声不理不睬了。两人知道，不用两个人费劲，何子英自己很快就会出来的。如果两个人正儿

八经地四处找他的话，何子英反而会更加来劲，找半天也舍不得出来。何子英跑到小猴和小猫跟前，看到两人在钓鱼，便忙摘下书包，嚷嚷着也要钓鱼。小猫没把手中的鱼竿递给何子英，而是急急忙忙地打开何子英的书包，从里边拿出课本向何子英问道："何少爷，你今天都上什么课啦？教教我们吧！"由于家里太穷了，一日三餐连饭都吃不饱，小猫和小猴根本不可能像何子英一样每天去上学，但两人对知识的渴望并不亚于任何一个同龄人，所以每次见到何子英，小猫第一要问的就是他今天学的什么。

☆小猫急忙拿过子英的书问道："少爷，你今天的课讲些什么？教我们吧！"

　　每当此时，何子英便会半开玩笑地对小猫说道："不，小猫，你得先唱一个《渔光曲》给我听，我才教你呢！"何子英喜欢听小猫唱歌，特别是她唱的《渔光曲》，那优美的旋律，动听的歌声，让人陶醉。听了何子英的话，小猫便唱开了：

　　"云儿飘在海空，鱼儿藏在水中。早晨太阳里晒渔网，迎面吹过来大海风。潮水升，浪花涌，渔船儿飘飘各西东。轻撒网，紧拉绳，烟雾里辛苦等鱼踪。鱼儿难捕船租重，捕鱼人儿世世穷。爷爷留下的破渔网，小心再靠它过一冬。东方现出微明，星儿藏入天空。

☆子英却说："不，你得唱一个《渔光曲》给我听，我才教你呢！"小猫唱开了："云儿飘在海空，鱼儿藏在水中。早晨太阳里晒渔网，迎面吹过来大海风。潮水升，浪花涌，渔船儿飘飘各西东……"

早晨渔船儿返回程，迎面吹过来送潮风。天已明，力已尽，眼望着渔村路万重。轻撒网，紧拉绳，腰已酸，手也肿，捕得了鱼儿腹内空。鱼儿捕得不满筐，又是东方太阳红。爷爷留下的破渔网，小心还靠它过一冬。烟雾里辛苦等鱼踪！鱼儿难捕租税重，捕鱼人儿世世穷。天已明，力已尽，眼望着渔村路万重。腰已酸，手已肿，捕得了鱼儿腹内空！"

第三章

婆婆病危

　　此时，在徐福的家中，徐福的母亲躺在床上，正在不停地呻吟着。徐福的母亲已经八十来岁了，由于家里条件太差，也没有营养可以补充。再加上儿媳整日在大渔主何仁斋家做奶妈，家里的一切事务都要靠

☆忽然，邻家的老太太慌张地跑来叫小猫说："快点回家去吧，你们的婆婆怕不中用了！"

徐福的母亲来打理，每天还要照看小猫、小猴这一对儿双胞胎。现在小猫和小猴逐渐长大了，能够帮助奶奶做一些家务事，现在还可以去捡柴什么的，来分担奶奶肩上的重担。而此时，徐福的母亲已经病重不治，她也知道，自己这次恐怕是熬不住了。邻居老太太看着躺在床上指指点点的徐福的母亲，忙过去看望。徐福的母亲望着老邻居，用颤抖的声音告诉她，自己恐怕这次是挺不过去了。可是现在儿媳还在大渔主何仁斋家做工，两个孩子小猫和小猴也在外边玩耍，自己想见见两个孩子。邻家的老太太听了徐福的母亲的话，便告诉她别着急，自己现在就去找。随后邻家的老太太便慌慌张张地跑出来跟小猫和小猴说道："快点回家去吧，你们的婆婆怕不中用了。"

听了邻家老太太说奶奶病重的话，小猫、小猴还有一块儿玩耍的何家小少爷何子英忙跟着邻家老太太往家跑。进了屋门，孩子们看到婆婆，婆婆躺在床上已经气喘吁吁，她努力地抬起头，看着小猫、小猴两个孩子，张开嘴巴，好像有什么话要说。可惜她已经是有气无力，只有进的气，没有出的气了。她的嘴巴在强烈地蠕动着，已经发不出任何声音来了。小猫看着躺在床上的婆婆，心里十分难受。婆婆用尽浑身的力气，对孩子们轻声地说道："孩子们……婆婆快……不行了！"听了婆婆有气无力的话，孩子们都哭了，婆婆把他们从小带大，现在就要离开了，小猫和小猴怎

么能舍得呢？小猫一边用胳膊擦着眼泪，一边说道：
"婆婆，你别走，我不让你走。你会没事的，婆婆，你
不能走……"邻家看着老太太说道："还是设法把徐妈
叫回来吧！"婆婆点了点头。站在旁边的何子英应道：
"让我去叫徐妈回来吧！"说罢便飞也似的跑回家去。

☆孩子们见到婆婆，婆婆躺在床上已气喘得说不出话来。邻家老太太说：
"还是设法把徐妈叫回来吧！"婆婆点了点头。子英应道："让我去叫徐
妈回来吧！"说罢便飞也似的跑回家去。

　　在大渔主何仁斋家，此时徐福的妻子正在收拾何
家的客厅，何仁斋和管家正站在客厅门口说着什么事
情。管家还时不时地对着正在干活的徐妈嚷嚷几句，
让她把卫生搞干净些，要把所有地方的灰尘都要擦拭
掉，地上也要弄干净……总之，在徐妈干活的时候，

只要管家在旁边，总要不厌其烦地唠叨上几句，好像怕别人不知道他是何家的大管家似的。每到此时，徐妈便默不作声地低头干活，任由管家训斥。这时小少爷何子英风风火火地跑回来了，他刚进门就四处找寻着徐妈的身影。他顾不上喘口气，也没来得及将斜挎着的书包摘下来。何子英在客厅里张望一番，才看到徐妈正踩在一个凳子上，用湿抹布在擦拭着一个放满花瓶、瓷器、陶罐等艺术品的木架子。何子英急忙跑过去，拽了拽正踩在凳子上的徐妈。徐妈正在专心地干活，没想到会有人拽自己，她吓了一跳，以为是自己活儿又干错了，管家要责骂自己呢。

☆徐妈此时正站在客厅的高凳上擦古董架上的花瓶和古董，管家二爷在监视着她。

徐妈停下手里正在干着的活儿，低头一看，是穿着校服背着书包的小少爷何子英在拽自己。何子英一边拽徐妈，一边由于紧张而导致结结巴巴地对徐妈说道："徐……徐妈，你婆婆在床上躺着呢，她……她快不成了……他们叫你马上回去……"小少爷何子英的话犹如晴天霹雳，顿时让手足无措的徐妈感觉到一阵眩晕。婆婆虽然年纪大了，但身体一向是挺好的呀。自己整天在大渔主何仁斋家做活儿，平时也很少回去，就是回去也多是问问孩子怎么样，很少关注婆婆的状况，但自己一直认为婆婆挺结实的，家里的大部分营生都是她在做呀。怎么会突然就躺在床上了呢？都怪自己平时对家里照顾太少，婆婆都那么

☆子英看到徐妈，跑过去拉着徐妈的衣服说："徐妈，你的婆婆快不中用了，他们叫你赶快回去呢！"

大的年纪了，却还要为了整个家庭操劳……徐妈被小少爷何子英的话深深地打击了，满脑子都是婆婆病重在床的身影。何子英说婆婆快不行了的话一遍又一遍地在徐妈耳边回响，徐妈的脑子此时一片空白，她眼前一黑，从凳子上摔了下来。

徐妈这一倒不要紧，她并不是直接倒到地上，而是倒在了那个放满"艺术品"的陈列架上，她先撞了一下架子，然后才倒在了地上。那个木制的陈列架在徐妈的撞击下，用力地晃了几晃，还好，最终没有被撞倒。但是架子上陈列的那些东西就没那么幸运了，一个陶瓷的深色的花瓶就从上边掉了下来，还有旁边的一个小茶几也被砸倒了，放在茶几上的水杯和一本

☆虚弱的徐妈听后一惊，双腿发软，身子不由自主地摇晃着歪了下来。

书也掉在了地上。徐妈摔在地上时就听"扑通"一声，但随后传来了花瓶、茶杯和其他东西掉在地上"啪……啪……"的声音。花瓶碎了，陶瓷的碎片摔了一地。茶杯也碎了，茶水也洒在了掉在地上的那本书上。随着瞬间几声清脆的响声，大渔主何仁斋和管家以及何太太还有众多佣人听到声音后都跑了过来。此时的徐妈还躺在地上，小少爷何子英蹲在倒在地上的徐妈身边，不停地晃动着徐妈，问徐妈有没有事情。管家一看摔碎了的深色陶瓷花瓶，连忙从地上捡起较大的一个花瓶碎片，瞪着眼睛瞅着。

管家手里拿着摔碎了的花瓶大声对摔倒在地上的

☆徐妈跌倒在地上，同时带倒了架子上的古瓷花瓶，花瓶又砸碎了茶几上的茶壶，茶壶流出的水淹湿了一本书名为《太上感应篇》的书。

— 49 —

徐妈嚷嚷道："徐妈，你是疯了吗？这可不是一件普通的陶瓷花瓶，这是件老古董啊！这个古董是四百年前的东西，就是拿你的性命都赔不了的！你知道吗？!"徐妈躺在地上，任凭着管家的责骂。大渔主何仁斋站在旁边看着管家数落徐妈，眼睛里冒着怒火。此时的徐妈还沉浸在悲痛当中，她的脑子现在是一片空白，小少爷的话一直在她的耳边不停的萦绕。刚才她已经彻底地失去了知觉，所以对自己从凳子上摔下来，并碰倒了架子上的物品毫无印象。但此时她看着地上的场景，明白自己惹下祸了。这时站在旁边的大渔主何仁斋好像看到了什么，一手拿着烟锅，一手朝地上指了指。管家忙顺着何仁斋手指的方向看去，只见一本书名为《太上感应篇》的书籍掉在了地上，并被洒在地上的茶水泡着。管家快步走上前去，将这本被茶水弄得湿漉漉的《太上感应篇》从地上捡了起来。

大渔主何仁斋看着管家手里还在淌水的这本《太上感应篇》，顿时脾气大发。管家也在旁边装腔作势、火上浇油地数落着依然瘫坐在地上的徐妈。大渔主何仁斋看着地上摔碎的那件"有四百年历史"的古董和被茶水浸湿的名为《太上感应篇》的书籍，大声地怒斥徐妈："大概是给你吃得太饱了，马上给我滚出去！"众多佣人都围在那里看着瘫坐在地上的徐妈，见她闯下了如此大的祸端，大家都为她提心吊胆。大家都知道大渔主何仁斋残暴成性，对待下人脾气暴

躁，动不动就是一阵痛斥，甚至还会直接辞退。大渔
主何仁斋的大管家更是狗仗人势，常常仰仗自己是何
家的大管家，动不动就对佣人们大骂，甚至有时还会
动手。还有大渔主何仁斋的太太，最是看不惯佣人们
闲着，恨不得把他们累死。总之，大家在何家都是忍
气吞声地做活，但没有办法，为了生计，为了养家糊
口，为了保命，只能忍受这一切，如果离开了何家，
自己和家人就连饭也没得吃了。

☆"古董被打碎了！"喊声惊动了何家上下，何仁斋从里屋出来，气得发
抖，骂道："这个花瓶是四百年前的古董呢！就是拿你这条狗命来赔都
还不够哪！给我滚出去！"

　　所以看着大渔主何仁斋和大管家冲徐妈发火，但
大家都不敢吱声，徐妈也是忍气吞声地忍受着一切。

听父亲说要让徐妈滚，这时蹲在徐妈身边的小少爷何子英忙站了起来，跑到父亲何仁斋身边，使劲地摇动着他的胳膊，希望他别这么残忍地对待徐妈。何子英看着父亲那生气的表情，他哭着替徐妈求情："爸爸，徐妈怪可怜的，她的婆婆……"没等儿子何子英将话说完，大渔主何仁斋就气呼呼地打断了他的话："你个小孩子家，知道什么？这儿没你的事儿，大人说话，你少掺和！"在何子英眼里，徐妈比自己的亲生母亲还要亲，是徐妈用乳汁将自己喂养大的。同时他也非常同情和感谢小猫和小猴，因为小猫和小猴的出生，才使徐妈有乳汁喂养自己，让自己茁壮成长。

☆听到这话，子英抱住何仁斋说："爸爸，徐妈她婆婆不行了……不要赶她走……"

何子英用央求般的目光望着父亲大渔主何仁斋，希望他能高抬贵手、网开一面。但是何子英的这种想法是那么的天真，他也许并不知道，他的爸爸并不像他这样富有同情心，相反，却是典型的唯利是图。所以何子英的话对于大渔主何仁斋来说，可以说是对牛弹琴。何仁斋没理儿子何子英的话茬儿，而是眼睛直盯盯地瞪着身边的妻子何太太吆喝道："我早就说过，孩子已经大了，不要再留着这蠢货，你们总不信！"何太太此时听了大渔主何仁斋的话，也默不作声了。瘫坐在地上的徐妈听着大渔主何仁斋的话，看着他那狰

☆何仁斋不等子英讲完，瞪了他一眼，回头对他妻子抱怨道："我早就对你们说过，孩子现在大了，这种蠢货早就该叫她滚了。你们不听，这下好了！替她说话……"

狞的表情，知道这次是要被赶出何家了。想到这儿，徐妈彻底地崩溃了，现在自己家的一切生计都靠自己在大渔主何仁斋家打工来维持，如果自己现在离开了何家，那以后的生活可怎么办呢？

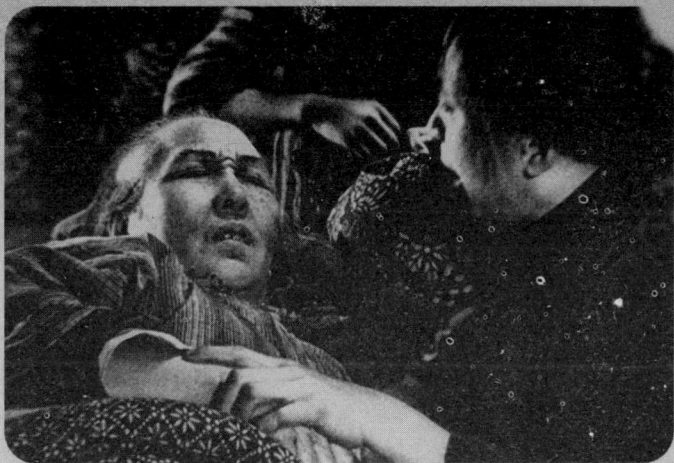

第四章

辞工何家

何太太看到丈夫何仁斋如此愤怒，知道这回是真的生气了。看来这个徐妈是不能再在大渔主何仁斋家做事情了，既然何仁斋都发话了，那是注定非走不可

☆何妻对另一个女仆说："去把她的东西拿来，让她走！"徐妈从地上爬起来，想去哀求他们，可他们根本不理睬，拖着子英转身走了。徐妈只得赶紧奔回家去看望生命垂危的婆婆。

了。见此景，何子英紧抱着爸爸的胳膊使劲地晃动着，不停地企求他别赶徐妈走。何仁斋此时主意已定，没人能够憾动，何子英的劝说对他来说是无济于事。何太太见何仁斋发了狠话了，她也就不客气了，便对身边的佣人大声说道："去拿她的东西来！"旁边的佣人尽管有一百个不情愿，但是也没办法，主人发话儿了，自己也是下人，不听肯定不行，只好去拿徐妈的行李去了。何子英还想劝爸爸留下徐妈在家里做活儿，他本想告诉爸爸徐妈的婆婆快不行了，马上就要咽气了。可是何仁斋根本不听何子英的，也不给他再说话的机会。看着儿子不停地给徐妈求情，好像何仁斋也有些不耐烦了，他狠狠地瞪了何子英一眼，然后一手托着水烟袋，一手甩动着离开了客厅。

徐妈此时也清醒了过来，她勉强从地上爬了起来。她也知道这次自己是非要离开何家不可了，尽管徐妈心里有太多的不舍，何家小少爷何子英是徐妈一手带大的，是徐妈用自己的奶水一点一滴地喂大的。何子英并不像他的爸爸何仁斋和妈妈何太太那么坏，虽然何子英是何家的小少爷，但他的骨子里却没有流淌着何仁斋那残暴的血脉。他生性善良，特别懂得心疼徐妈，这也可能是跟他从小都跟着徐妈长大有关吧。徐妈从佣人手里接过包裹，她在何家所有的东西都在这个包袱里了。尽管有太多的恋恋不舍，但是她不得不走。在这里已经待了十多年了，对这一切也适应了，也习惯了。毕竟这是自己

养家糊口的营生，没有这份所谓的工作，那自己的两个孩子还有那正在病床上的婆婆该怎么办呢？另外，作为一个有感情的人，何子英是自己一手抚养大的，他的身体里一半的血液都是徐妈的，是徐妈用自己的乳汁养育了他……但是现在，徐妈因为不小心摔坏了何家的几件摆设，就被无情地赶走了。

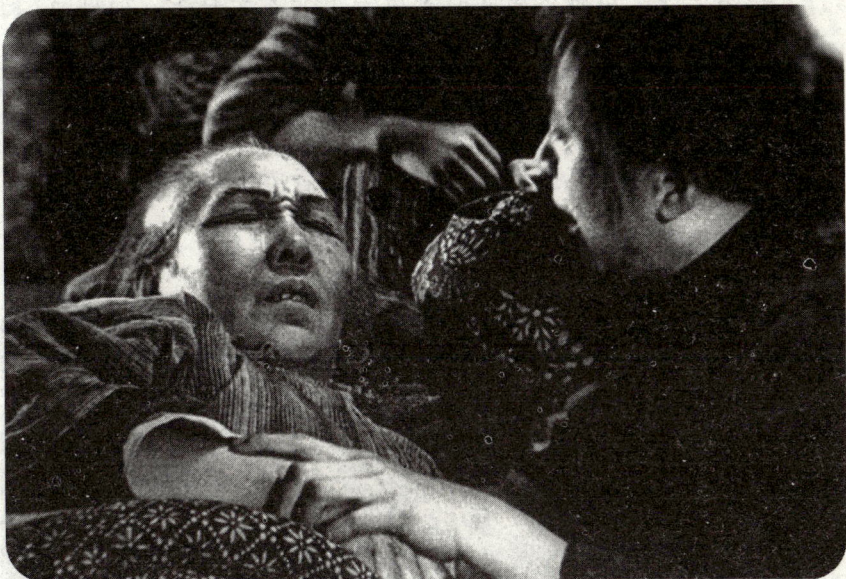

☆她跑到婆婆床前抽泣着，婆婆上气不接下气地说："你要好好地替何家做事……把两个孩子抚养成人，我死也瞑目了……"

要离开何家了，徐妈最后一次站在客厅门口，打量着这个院子，这个自己熟悉的不能再熟悉的不是家又胜过家的地方。好多像徐妈一样的佣人都过来向徐妈告别，她们有的是给何家当丫环的，有的是做饭的，有的是专门负责洗衣服的，有的是打杂的……但她们

都同徐妈一样，都是为了生计，为了养家糊口，所以才不得不忍气吞声来给大渔主何仁斋家做活儿。徐妈的经历她们大多数都经历过，也许今天的徐妈就是他们的明天。但是现在大家还得继续忍受着一切，因为，一家人的生计都在这里。徐妈拎着包袱，和曾经朝夕相处的亲爱的姐妹们告别。十年的辛苦与劳累就这样结束了。尽管徐妈此时心里有十万个不甘心，但她又能怎样呢？毕竟自己只是个做工的，从自己第一天走进何家的门，就意味着自己随时就有可能被赶出去。，这一天终于还是来到了，徐妈最后望了望这个熟悉的环境，然后拎着包袱往家赶。

☆徐妈抱着咽下最后一口气的婆婆哭得死去活来，邻家老太太劝道："不要哭了，还是向东家借几个钱来办后事吧。"徐妈哭泣着说："我已经被何家赶出来了！"

第五章

长大成人

回到家，徐妈推开门，看到婆婆躺在病床上，小猫、小猴还有邻居老太太都围在婆婆旁边。徐妈大声喊了一声："妈！"然后就跑了过来。此时婆婆已经是气若游丝，连睁开双眼的力气都没了，她的嘴巴微张

☆时光流逝，岁月如梭。徐家三口人又苦苦地撑过了八年。兄妹俩租到了何老爷家的一只小渔船，在海边捕些小鱼虾，半饥半饱地维持生活。

着，听到徐妈回来了，好像有什么话要对徐妈说。这时，房间的门打开了，何子英和闻讯而来的乡亲们进来了，大家是听说徐婆婆病重在床特意来看望的。此时徐婆婆艰难地睁开了双眼，有气无力地对儿媳说道："你要好好地替何家做事，抚养大这两个孩子……我死了，也就瞑目了……"徐妈听了婆婆的话，强忍着心中的痛楚，用力地朝婆婆点了点头，示意婆婆自己一定会好好在何家做事，照顾好两个孩子的。她心里此时很难受，自己已经被何家辞退了，以后不可能再去何家做事了，一家人的着落也就没指望了，下一步还不知道怎么走呢。但是现在婆婆已经这样了，肯定不能告诉她这些，否则会让她死不瞑目。

说完这些话，徐婆婆已经累得上气不接下气了，她的脸色十分难堪，黄里透着一种苍白，不停地喘着粗气，看上去十分难受。乡亲们看着徐婆婆如此难受，大家都十分难过，都替徐婆婆鸣不平。徐婆婆一辈子真不容易，在儿子徐福还很小时，就失去了丈夫，一个人把徐福拉扯大。这不，本以为儿媳生了双胞胎，一家人终于可以高高兴兴地生活了，可是迫于生计，徐福只好在这寒冷的冬季出海打渔，又恰逢刮台风，徐福就再也没有回来。就这样，孤儿寡女的生计都落在了徐妈的肩上。徐婆婆也没有享受过一天好日子，徐妈在何家做工挣钱养家，徐婆婆在家照顾小猫、小猴两个孩子。日子虽然辛苦，但风里来雨里去，转眼

十年过去了，小猫和小猴也终于都长大了。就在两个孩子逐渐长大懂事的时候，徐婆婆却终因年事过高而躺在了床上……大家都明白，她这一躺下，恐怕是再也起不来了。

☆小猫边捕鱼边唱起凄凉哀怨的《渔光曲》："轻撒网，紧拉绳，烟雾里辛苦等鱼踪。鱼儿难捕租税重，捕鱼人儿世世穷……"

天忽然暗了下来，霎时间乌云密布，天气阴沉。树上的鸟儿被这气势吓坏了，停在树枝唧唧喳喳地不停叫着，像是在送别着什么。徐婆婆紧紧地闭上了双眼，尽管她有太多的不愿、太多的留恋，但她还是狠心地扔下徐妈、小猫和小猴母子三人走了。她走得是那么仓促，那么迫切，徐妈都没来得及给老人亲手做

顿送别的饭吃，也没顾得上帮老人家亲自洗漱洗漱。徐婆婆就这样走了，带着无限的遗憾与希望，在这个初春的季节，一个人静静地走了。徐妈望着慢慢合上双眼的婆婆，忍不住泪如雨下。她感觉自己是个不称职的儿媳妇，自己都没有来得及给婆婆尽孝，婆婆却这样带着无尽的遗憾走了。小猫和小猴虽然还只是孩子，但他们也隐隐约约地懂了人世间的悲欢离合，知道婆婆这一走是再也回不来了。以后不会再有人在黄昏来海边喊他们回去吃饭了，曾经那个熟悉的声音和熟悉的身影彻底消失了，他们以后再也看不见了。

☆当他们的小渔船靠近海边的时候，何子英在远处正向他们大声招呼着。小猫、小猴飞快地向沙滩跑去。

光阴如梭，岁月荏苒，转眼小猫和小猴已经长大了。一个长成了亭亭玉立的大姑娘，一个长成了一个憨厚老实的小伙子。现在，他们两人也承担起了家庭的重担小猫和小猴每天日出而作，日落而息，只要天气允许，他们每天都会到海边去撒网捕鱼，像大人一样，两个人靠下海捕鱼来维持着这个家的生计。虽然每天的收获不是很大，但还是比一无所获要强上不少。小猫虽然是妹妹，是个姑娘家，但她却要比哥哥小猴更有力气，更能干。每次撒网捕鱼，她总是用力地拽着大头，任汗水浸湿了衣衫，也不管不顾地辛苦忙碌着。小猴虽然力气不如妹妹大，但每次都是用尽了全

☆小猫问子英："少爷，你什么时候放假回来的？"子英听见这样的称呼，心里不太好受，说："我叫你们不要喊我少爷，你们就是不听！"

身的力气去拉沉沉的渔网，恨不得自己能一下子将整个渔网拉上来，这样就可以让妹妹好好歇息歇息了。这天他们像往常一样，又在海边将撒下的渔网收起来。

大渔主何仁斋家的小少爷何子英此时也已经是个英俊帅气的小伙子了，他特意到海边来找小猫和小猴，远远地，他就看到了正在海里收渔网的小猫和小猴兄妹两人。还和小时候一样，何子英看着两人，便大声地冲着他们吆喝着："小猫！"然后又把双手放到嘴边，又大声地吆喝道："小猴！"只是这次，不再像小时候每次喊后都要把身子躺在大石头后边了。小猫和小猴

☆原来这七八年间，子英在外面接受了新式教育，也受到一些民主思想和人道主义的影响，他不满意父亲那种"老封建"的旧式渔业经营方法以及对待下人的态度。

正在将刚出水的渔网晾在船上。顺着海风，传来了何子英的叫声，小猫转过身看到站在不远处招手的何子英，忙停下手里的活儿，也用力地向他挥动着双手。小猴看到妹妹在向远处不停地舞动着双手，便也朝海边望去，当小猴看到是何子英时，也激动不已，高兴得手舞足蹈，有些不知所措。小猫和小猴放下手里的营生，急急忙忙地从海里跑了出来。他们好久没有见到过何子英了，何子英一直在外地上学，平时都很少回来。

　　来到岸上，小猫高兴地和何子英拉着手，抑制不

☆子英指着东边海里的一只大轮船说："父亲要我到外国去学渔业，明天就要乘这只大船到上海去了。"子英梦想着做一个"振兴渔业的实业家"来救国救民。

住内心的兴奋和激动,她看着眼前高大英俊的何子英问道:"少爷,你几时放假回来的呀?"何子英听小猫叫自己少爷,有些不高兴地说道:"我早就叫你们不要叫我什么少爷了,怎么又忘记了呀?"何子英从来没把自己当做什么何家的少爷,也从来没有看不起小猫和小猴,他反而很感激他们,因为何子英从小是吃小猫和小猴的妈妈的奶水长大的,所以他视小猫和小猴如兄妹般。他总喜欢和两人一起玩耍。何子英对小猫和小猴说道:"我父亲要叫我到外国去学渔业,——明天我就要乘着船到上海去了……"

大渔主何仁斋是一个很有眼光的人,他知道儿子这一代人不能再像自己一样这样的混下去,长此以往,就会坐吃山空的,只有学好一门专业,才能有更大的作为,所以他要让儿子何子英去国外学渔业,学成后好回来帮助自己。

第六章　子英留学

小猫听了何子英的话，心里久久不能平静，突然
感觉自己一下子空虚了起来，泪水也忍不住流了下来。
虽然何子英是大渔主何仁斋的儿子，是何家的小少爷。
但由于小猫的妈妈在何子英刚出生时就负责照顾他，

☆他们在谈话中，痴憨的小猴却不断地捣乱，做着鬼脸。小猫气急了，
挥手要打他。

还用自己的奶水将他养育成人，且何子英本质上与大渔主何仁斋有很大的差别，所以小猫也没把何子英当何家的小少爷看待。而且，何子英也从来没有何家小少爷的架子，在他的眼里，小猫和小猴就像自己的兄妹一般。虽然何家和徐家的家境、身世有天壤之别，但这丝毫没有影响何子英同小猫、小猴的交往。徐妈在大渔主何仁斋家当佣人时如此，后来徐妈被大渔主何仁斋赶出来了，何子英还是依然同小猫和小猴保持着联系。所以这次何子英学校放假，他刚回来，就先跑到海边去找小猫和小猴了。这时，小猫和何子英坐在海边的岩石上，两人你一言我一语的谈论着。痴憨的小猴却不断地捣乱，做着鬼脸。小猫气急了，挥手要打他。

何子英看着憨厚、老实，且略有些木讷、愚钝的小猴，心里很不是滋味。当他看到小猫生小猴的气，挥手要去打小猴时，何子英忙劝小猫道："小猫，你以后不要再捶打小猴了，他之所以现在会变成这样一个可怜的痴子，都是小的时候，你妈妈舍弃了你们，而把奶水用来喂我的缘故……饿着了小猴，才导致他病成现在这个样子……我一见到他，我的良心上就很难过，希望你以后也要好好待他！"

听了何子英的话，小猫心里也很是不好受。哥哥成了现在这样，的确是和何子英有莫大的关系，要是母亲不去何家当奶妈，不给何子英喂奶，那她

☆子英劝小猫："以后不要再捶打小猴，要不是小时候徐妈给我喂奶，饿着小猴，他也不会病成这个样子……"

的奶水也够他们两兄妹了。小猫也很是愧疚，感觉都是自己太自私了，自己把母亲不多的奶水吃了，才害得哥哥营养不良，成了现在的样子。小猫想到这些，想到生活的困苦，还有哥哥小猴的痴呆，不自觉地流下泪来。可是何子英想的都是他的前程，他看到小猫流泪了，便安慰她说道："渔人的生活太苦了，长此以往也不是个头。我到外国去，希望能学到一些新的学问，学成后回来改良一下。我出国是好事儿，是为了学习更先进的技术和技能。你不应该难过，应该高兴才对呀，可是你怎么反倒哭了

呢?"听了何子英的话,小猫不知道自己该说些什么,只是勉强地笑了笑。果然不是一个社会阶层的人,所以想法永远都不可能会一样,每个人面临的问题也永远都不同。

☆小猫想到生活的困苦,小猴的痴呆,不觉流下泪来。可子英想的都是他的前程,说:"我到外国去学习渔业,你们应该高兴,怎么反倒哭了?"小猫勉强地笑了笑。

清晨的阳光照在波光粼粼的海面上,低飞的海鸟挥舞着翅膀轻轻地划过那闪着光斑的海面。一艘又长又宽又高大的游轮停靠在码头上,随着一声长长地汽笛鸣叫,游轮顶上的烟囱冒出浓浓黑烟。今天是一个不错的日子,特别是对于大渔主何仁斋来说,这个日子他等了很久了。对于何子英来说,今

天也是值得记忆的日子，因为，今天是何子英出国
的日子。儿子要出国了，大渔主何仁斋一家老老少
少、男男女女的亲友们、佣人们都到码头上来送何
子英，顿时让本来就熙熙攘攘的码头显得更热闹，
游轮上也是热闹非凡。为了儿子这次远行，大渔主
何仁斋可是没少准备东西，吃的、穿的、用的，应

☆何子英出国的那天，他家的亲友们都到码头上欢送，大轮船上热闹
非凡。

有尽有，恨不得将半个家给他当行李带上。幸亏何
子英这是出国，所以何仁斋才没给他带太多东西，
否则的话，估计整个游轮上得有一半儿的地方来放
何子英的行李了。何太太看着儿子要出国了，心里

很是舍不得，忍不住流下了眼泪。倒是大渔主何仁斋显得很豪情，没有半点的不舍。

此时，在距大游轮不远处的海边，小猫和小猴的小渔船也靠在离何子英所乘的大游轮不远的码头边上，小猫和小猴远远地望着大游轮，向大游轮上的何子英不停地挥手。小猴对何子英出国没有什么概念，他不知道什么是出国，也不知道何子英为什么要出国。不过他倒是对现在何子英所乘坐的这个大大的游轮十分感兴趣。在小猴眼里，一直感觉自

☆小猫和小猴的小渔船也靠在离子英所乘大船不远的码头边上，他们遥望着大船，向子英挥手。

己的小渔船就挺好的，挺舒服、挺自在的，在他的

眼里，自己的小渔船也很大。可是今天他看到这个
大游轮，彻底惊呆了，没想到还有这么大的船。他
都怀疑这大船是怎么在海面上动的，上边还有房子，
房顶上还有烟囱，这不就是一栋大楼在海面上飘着
嘛。所以小猴对这个大游轮好奇不已。倒是小猫看
到何子英站在游轮上，看着这个自己曾经很熟悉的
人就要出国了，就要离开这个熟悉的地方了，心里
有些恋恋不舍。特别是何子英也是吃徐妈的奶水长
大的，小猫将他当兄长看待。

　　游轮起航的汽笛声终于响起来了，船渐渐开动了。
何子英站在游轮的甲板上，看到了小猫和小猴他们在

☆轮船的汽笛声响了，船渐渐开动。子英看到了小猫他们，想向他们招
　手，又怕家人看到，只好默默地看着他们。

向他挥手，他便想要向他们招手，他的手刚抬起一半，就又放下了，他担心自己的父亲大渔主何仁斋和母亲何太太看到了，所以最终还是没有向小猫、小猴招手，而只是用双眼默默地看着他们。在何子英眼里，小猫和小猴是自己儿时的玩伴，虽然自己是吃徐妈的奶水长大的，但是在何子英的父亲大渔主何仁斋和母亲何太太看来，徐妈只是一个在何家做工的，给何子英喂奶也只是工作的一项内容。在大渔主何仁斋和何太太眼里，小猫、小猴和徐妈一样，都是下等人，所以他们自然不希望自己的儿子同这种人在一起玩耍。因此，何子英同小猫、小猴儿时的玩耍也都是背着父母。此时尽管何子英心里对小猫和小猴也有点点的不舍，但是在父亲大渔主何仁斋和母亲视线的监督下，他还是没有勇气和小猫他们告别。

何子英乘坐的游轮远行了，站在游轮甲板上的何子英以为，到外国学好了渔业，回来就可以大有作为，就可以"拯救"许许多多像小猫、小猴这样的贫苦渔民，因此他对这次出国抱着很大的希望。也许何子英还是太幼稚了，也许是他太单纯了，所以他的想法也是那么的天真。同样对何子英这次出国抱有巨大希望的就是何子英的父亲大渔主何仁斋，只是两个人的出发点和最终目的却大不相同。何子英尽管想法很单纯，但是他总以为自己学成了国外的先进渔业知识，回国后就能好好加以利用，来解放那些劳苦的

"小猫、小猴"们。而其父大渔主何仁斋却是想让何子英出国学习国外有关渔业方面的行进经验和技术，等学成回国后，好为自己挣更多的钱。至于是不是能够"拯救"小猫、小猴这些渔民，大渔主何仁斋是漠不关心的。社会地位的不同，阶级层次的不同，致使其社会价值观与人生价值观有很大的差异。但何子英与何仁斋同是一个层次的人，但是其思想却不尽相同。

☆轮船远行了。子英以为，到外国学好了渔业，回来就可以大有作为，就可以"拯救"许多像小猫这样的贫苦渔民，因此他对这次出国抱着很大的希望。

大渔主何仁斋同大管家站在码头上，看着载着自己儿子和自己梦想与希望的游轮远远离去，他不无自

豪地同大管家吹嘘起来，在他看来，派儿子出国学习国外的先进渔业，这是自己对当前时局审时度势的正确分析与把握，"识时务者为俊杰"，他认为，自己就是一个俊杰。大管家听着大渔主何仁斋头头是道的分析，莫不是点头称赞，不停地哈腰陪笑。……东海边的渔民们仍然过着悲惨贫困的生活。这一两年来，徐妈和她的儿女们天天过着胆战心惊的日子。因为生活无保障，有些渔民铤而走险去做了劫匪。这让那些可怜的诸如徐妈这样的穷困渔民家庭，更是在悲惨与痛苦的环境里挣扎着。日子虽然艰苦，但是生活还得继

☆东海边的渔民仍然过着悲惨贫困的生活。因为生活无保障，有些渔民铤而走险做劫匪。徐妈和她的儿女们天天过着胆战心惊的日子。

续，就这样，每天提心吊胆地过着生活。

　　为了养家糊口，为了能让自己和孩子们有口饭吃，可怜的徐妈和儿女们每天晚上都要编织渔网。这一晚，刚吃过简简单单的晚饭，一家三口便又开始编织渔网。在昏暗的烛光下，三个人各自忙碌着，有负责编织的、有负责纺线的、有负责整理的。这时，小猴已经又困又累有些熬不住了，坐在那里直摇晃，最后终于把持不住，一头歪倒在徐妈的身上睡着了。再看这边的妹妹小猫，两眼盯着鱼针和线，却总是穿不进去。她的双眼也睁不开了，困得要死，刚才差点就一头栽倒撞

☆徐妈和儿女们每天晚上都要编织渔网。这一晚，她看到劳累了一天的孩子们，已经疲惫不堪，就说："不早了，明天再做，都去睡吧！"

上正在燃烧着的蜡烛。徐妈看到劳累了一天的孩子们，已经疲惫不堪，便对孩子们说："天不早了，太晚了，明天我们再做，我们都去睡觉吧！"自从徐妈被大渔主何仁斋从何家赶出来之后，徐妈便没再去找其他的营生，她知道能提供营生、能有活儿干的只有大渔主何仁斋家。所以她就开始了在家里编织渔网来养家糊口。

小猫和小猴早就困得不行了，听了徐妈的话，便一个伸懒腰，一个打哈欠。然后将手里的营生简单收拾了一下，顾不上洗漱啥的，就脱衣服上床睡觉了。小猫和小猴躺在床上没一会儿，就进入了梦乡。而徐妈却只是轻轻地闭着双眼，并没有入睡。半夜里，徐

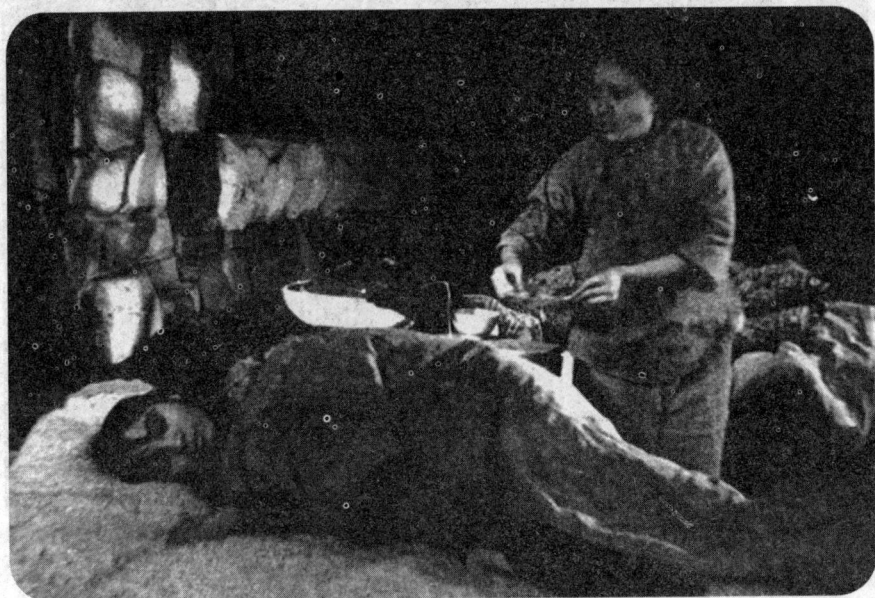

☆半夜里，见孩子们都睡熟了，徐妈自己悄悄起床，点起蜡烛，继续织着渔网。

妈见孩子们都睡熟了，便帮孩子们重新盖了盖被子。然后她自己悄悄爬起床，然后轻轻地点着那半截蜡烛，自己一个人坐在地上继续编织着渔网……蜡烛都快烧尽了，徐妈一边时不时揉着睡意浓浓的眼睛，一边继续编织着渔网。她知道，两个孩子太累了，再说他们年纪还小，白天要出海打鱼，晚上还要熬夜编织渔网，这样他们肯定吃不消的。所以她便想自己半夜趁着他们都睡着了，自己偷偷地干一会儿，让他们多睡会儿。生活就是这样，是那么的残酷，让你不得不忍着心头所有的不快与悲愤，而去无奈地接受这现实。趁着还有一点点蜡烛，徐妈挣扎着打起精神，强迫着自己继续编织着渔网。

就在这天夜里，二十来个舞刀弄棒的土匪要打劫大渔主何仁斋家。但这大渔主何仁斋可不是吃素的，家大业大，不但院墙高大宽厚，易守难攻不说，另外光佣人就有二三十人，还专门请有看家护园的教头和家丁三十来人。所以说要想打劫大渔主何仁斋，那就需要下一番工夫，普普通通的渔民改行的土匪，就想靠手里的几把小片儿刀和几根棍棒去大渔主何仁斋家打劫，那的确是有点儿白日做梦了。你想想，那大渔主何仁斋就是靠出租渔户来谋利的，再说自己那么多生意，怎能不为自己的产业安全着想呢？所以说，这伙不太专业的土匪队伍虽然也有二十多号人，手里也拿着家伙，但还是没能撼动大渔主何仁斋家那扇厚厚

☆这天夜里，持刀打劫的土匪要抢大渔主何仁斋家。但他们攻打不进何家那坚固的炮楼，死伤数人后，就在渔村里到处劫掠。

的大门，他们不但没打进大渔主何仁斋家那坚固的炮楼，反而还偷鸡不着蚀把米，死伤了数人。不过这些不太专业的土匪秉承了土匪的行业精神和理念，那就是贼不走空。他们在何家没捞着便宜，就在渔村里到处劫掠。

他们倒是不太挑剔，可以说是在渔村里挨家挨户地扫荡，吃的、穿的、用的都一律不放过。你想想看，渔村里每家也就三五口人，哪里是这些人的对手。再说这帮土匪，刚在大渔主何仁斋那里碰了一鼻子灰，还损失了不少人，所以现在也正在气头上，想在渔民

家里找平衡。所以大家只好眼睁睁地看着他们横行霸
道、胡作非为，大家只能忍气吞声。就在天快要亮时，
睡梦中的徐妈隐隐约约听到了外面远处传来了跑步声，
徐妈知道不妙，肯定是土匪又进村了，便急急忙忙地
起床披了件衣服就下地了。她要将自己正在编织且快
要编织好的渔网藏起来，以免被这帮土匪给掠走了。
脚步声越来越近，声音也越来越大，这时小猫和小猴
也被惊醒了，两人看到母亲正在收渔网，便连忙起床，
跑过来帮忙。可惜，一切都晚了，这帮土匪已经破门
而入，徐妈惊慌失措，吓得睁大眼睛哆嗦着，不知如

☆天快亮时，徐妈听见远处的跑步声，急忙把渔网藏起来。可这时土匪已
破门而入，徐妈吓得睁大眼睛哆嗦着，眼看着那日夜辛苦织成的渔网被
抢走了。

何是好。就眼睁睁地看着那张由一家人起早贪黑、日夜辛苦织成的渔网被土匪们抢走了。

蛮横无理的土匪们带着掠夺的财物扬长而去，丢下了那些受了惊吓的渔民们。此时的徐妈，两眼睁得大大的，显得那么的单调，脸色苍白，看不到一点生机，她双手不停地乱摸着，原来徐妈的眼睛由于操劳过度和这突然而来的土匪而受到强烈刺激，致使双眼失明了！没有钱看医生，没有钱拿药，就这样，徐妈的眼睛彻底看不见了。这让徐妈家的家境更悲苦了，日子更艰难了！但是，再苦再累再艰难的日子也要过，

☆徐妈两眼睁得大大的，失神地在乱摸，原来她的眼睛因操劳过度和突发事件刺激而失明了！家境更悲苦了。再苦也要活下去！兄妹俩含泪去海边捕鱼，瞎眼的妈妈依旧摸索着织渔网。

生活还得继续，只要命在，就要活下去！这下可怜的小猫和小猴更加辛苦了，母亲眼睛看不见了，意味着好多事情她做不了了，并且还需要人来照顾。以后的生活更多了几分艰辛，为了生计，兄妹俩含着眼泪去海边捕鱼，他们也变得更勤劳、更积极、更懂事，就连痴呆的哥哥小猴也变得不那么淘气了。瞎眼的妈妈也并没有闲着，她不想自己成为家里的负担，她依旧摸索着编织着渔网。

第七章 十里洋场

　　自打受过土匪的惊吓骚扰后，大渔主何仁斋想移居上海做大买卖，过太平日子。现在对于大渔主何仁斋来说，儿子在国外求学，自己也衣食无忧，家产累累，资金丰厚，干嘛要在这个小渔村过这提心吊胆、担惊受怕的日子呢？何仁斋心里清楚，虽说自己养有护园的教头和家丁，但现在局势如此动荡，保不齐哪天家丁们和土匪联合，先将自己给彻底的解决了，然后再分了自己的家产，那样的话，自己九泉之下也不能瞑目啊！再说大渔主何仁斋的太太，更是被土匪们吓得生了一场病，这也着实让何仁斋心疼不已。他知道虽然当下是乱世，多数地方都战乱纷飞，民不聊生，但上海作为一个国际化大都市来说，还是比较太平的。另外自己现在也有富裕的资金，上海还有好朋友在，何不去上海定居，再投资做些大生意呢！何仁斋的想法自然得到了何太太的大力支持，她已经彻底地被那些土匪吓怕了，如果还在这儿待下去，再有土匪上门的话，估计会把她的命吓掉。何仁斋要到上海过太平日子，能带的金银细软之类自然会

带走，其余的一些房屋地产等无法带走的，自然还留在这里连同收租的事情一并托付给亲信二爷全责，然后全家人开始收拾行装。

☆何仁斋受过土匪的惊吓后，想移居上海做大买卖，过太平日子。他把收租的事托给亲信二爷，全家人都在收拾行装。

　　大渔主何仁斋的行李还真不少，光是衣服、被褥、鞋帽等就整整弄了近十个大包裹，就这还将那些旧的、坏的、不喜欢的扔了好多呢。然后又把家里一些看上去顺眼的小件的摆设、家俬之类的也都打包，准备一并带上。这么多的东西要收拾，还有好多事情要打理，根本不是一天两天能完成的事儿，一天不动身，就永远弄不利索。直到大渔主何仁斋和家人要准备动身去

上海的那天，才感觉到收拾的差不多。临走那天，尽
管都收拾得差不多了，可大渔主何仁斋还是在客厅里
来回踱着步，寻思有没有什么东西是落下的。这不，
刚寻思没一会儿，就想起自己亡妻的照片还在墙上挂
着呢。这哪儿能行，必须得一并带走。然后管家按照
何仁斋的吩咐，忙让佣人从墙上将何仁斋亡妻的照片
取下来，一并打包放入箱中。然后何仁斋还在琢磨有
什么没带的，这时他看到了放在客厅茶几上的上海好
友梁月舟的照片，连忙也让佣人放进了箱子里，一起
打包带走。这次到上海就要仰仗好友梁月舟，他的照
片怎么能不带着呢！

☆他动身去上海的那天，还没忘记把亡妻的照片和上海好友梁月舟的照片
　放进箱子里。

　　收拾停当，大渔主何仁斋便带着家人、佣人和大堆的行李向上海进发了。终于，何仁斋眼中所谓的"金天银地"的上海到了。好友梁月舟亲自前来迎接，只见梁月舟头戴一顶灰黑相间的圆顶礼帽，鼻子上架着一副金丝眼镜，鼻子下边留着不太浓的八字胡，身上穿着风衣，里边是白色的衬衫打着领带，看上去文明儒雅，很是让人欣赏不已。虽然今天何仁斋也头戴一顶和梁月舟颜色和款式类似的礼帽，不过他没戴眼镜，鼻子下边的胡子也是又细又长，向两边下垂着，特别是穿在身上的那身黑色的锻面的长袍，让他更显得像是个乡下的大地主！但是这些丝毫不能影响何仁斋对上海的热情，他不知道上海是不是欢迎

☆所谓"金天银地"的上海到了。梁月舟前来接他，两人同乘一辆汽车，何仁斋看着街景，脸上露出开心的笑容。

他，但他是很憧憬上海的，今天终于来了，这让何仁斋倍感欣慰，开心不已。梁月舟和大渔主何仁斋同乘一辆敞篷汽车，其他家人坐在别的汽车上。汽车行驶在上海繁华而宽敞的街道上，何仁斋望着车外的街景，脸上露出了开心的笑容。

在梁月舟办公的高楼上，何仁斋站在走廊上欣赏着窗外的大上海：每条路上都是人来人往，熙熙攘攘。到处都是高楼林立，霓虹闪烁，还有打扮得花枝招展的摩登女郎……这些可是大渔主何仁斋从来没见过的，别说没见过，他连想都没想过。在乡下时，闲来无事，何仁斋躺在躺椅上还在琢磨，这车怎么就能动了呢？为什么

☆何仁斋站在走廊上欣赏着大上海：车水马龙，来往不断；摩登女郎，花枝招展……乡下大财主何仁斋可算开了眼界，看得入神了。

— 97 —

它不吃饭，只喝油呢？现在让他站在高处，望着眼前繁华的大上海，他可不是一般的开眼界，简直看得入神了。在上海，新的事物有很多，不用说比大渔主何仁斋所居住的乡下，就是比其他的一些大城市都要更开放、更先进。好多东西都是何仁斋闻所未闻，就更别说见了。望着窗外，大渔主何仁斋直后悔自己来晚了，要是早些投奔上海，那么自己肯定也早就发大财了，也不会像现在这样面对着陌生的上海只有好奇的表情，要是早些就来的话，自己肯定也早就融入到上海之中了。

此时，大渔主何仁斋站在走廊上欣赏着窗外的车水马龙，无限风光。而他的好友梁月舟却独自站在桌旁，单手支撑着下巴，琢磨着心事：你何仁斋尽管在乡下是一霸，是个地主，是个富豪，是个大渔主，每天游手好闲、鱼肉百姓，祸害乡里。但到了上海这十里洋场，你也不过是一条游入洋人、买办、高级流氓、骗子们撒下渔网中的一条鱼。想想这梁月舟也不是什么好人，还亏了大渔主何仁斋将这姓梁的当做朋友，还是非同一般的好朋友，真是瞎了他的狗眼了。其实姓梁的之所以支持何仁斋到上海来投资发展，是有他的目的的。别以为他真会拿大渔主何仁斋当朋友，他只是想利用他而已。其实在早先梁月舟到东海那边去时，知道大渔主何仁斋在当地家大业大，资产丰厚，就已经对何仁斋的财产有所觊觎。当这次何仁斋由于受到土匪的惊吓，有计划到上海定居发展的打算时，这梁月舟顿时感到自己的机会来

☆梁月舟独自站在桌旁想着心事：你何仁斋尽管在乡下是一霸，鱼肉百姓，但到了上海这十里洋场，也不过是一条游入洋人、买办、高级流氓、骗子们撒下渔网中的鱼。

了。所以他是极力支持何仁斋到上海发展的，其实，他心里自然有自己的如意算盘。

为了充分利用和把握好大渔主何仁斋到上海来发展的这次大好机会，梁月舟可以说是煞费苦心，他要想尽一切办法，用尽一切手段，达到自己的目的。何仁斋到上海没见天，梁月舟便约请了很多"场面上的人物"来聚会，这些人物在上海可都是有头有脸的大人物，有什么知名商人、洋场买办、政界领袖……可以说是在上海都是响当当的人物。当然上海虽大，但

叫得上名号的人物自然也不会太多，所以今天来参加梁月舟聚会的自然也有些混吃混喝之辈。这些梁月舟心里当然清楚，但他有他的打算，只要目的能达到，其他的都可以忽略不计。这次聚会，一是为远乡而来的大渔主何仁斋定居上海，来上海发展表示欢迎；二是他要进行一个项目的说明会。当然这个项目与何仁斋有很大的关系，在聚会上，梁月舟拿出了预先准备好的一份"筹备华洋渔业公司计划书"，说得头头是道、利路宏通。这让初见世面的何仁斋听了高兴得不得了，很快这个计划就通过了。

☆过了几天，梁月舟约了很多"场面上人物"来聚会，拿出预先准备好的一份"华洋渔业公司计划书"，说得头头是道，利路宏通。何仁斋听了高兴得不得了，很快这个计划就通过了。

既然筹备华洋渔业公司计划书获得了通过，那么梁月舟便立即着手实施起来。他也清楚，趁着这乡下来的土财主何仁斋在兴头上，必须得抓住这有利时机，尽快实施华洋渔业公司的筹备计划，否则，夜长梦多，万一这姓何的哪天突然脑子一开窍，意识到这里边有猫腻，那就麻烦了。所以梁月舟便趁热打铁，立马就着手实施，筹备成立华洋渔业公司。大渔主何仁斋将自己从东海成百上千的渔民那里剥削、压榨来的巨额资金统统交给了自己的好友梁月舟。梁月舟再将何仁斋的这些资金经过自己的"精心策划"，再加上与在上海的日本人的"推诚合作"，这"华洋渔业公司"的招

☆何仁斋拿出从千百渔民那里剥削来的巨资，经梁月舟"精心策划"，加上日本人"推诚合作"，"华洋渔业公司"的招牌就在上海打出来了。

牌就很快在上海打出来了。这个梁月舟自然也不是个傻子，他知道这从乡下来的何仁斋能在当地成为大渔主，自然是有一番能耐与作为的，不是一个省油灯。所以他这次成立所谓的"华洋渔业公司"，也并不是单单靠自己一个人，而是巧妙的拉入了在上海的日本人。这样，才能让这个何仁斋更相信自己，对这个华洋渔业公司才会更有信心。

为了让华洋渔业公司看起来更像回事儿，同时也为了让乡下来的大渔主何仁斋看到公司的实力与前景，梁月舟让一个日本人担任华洋渔业公司的"顾问"，成了公司的高层管理人员。梁月舟这样做的目的很明确，一是让大渔主何仁斋打消一些不利于公司发展的念头，

☆一个日本人担任华洋渔业公司的"顾问"，成了公司的高层管理人员。

让其对公司有信心。日本人都来公司当顾问了，那公司规模肯定不可小觑，要是没有那么大的势力，肯定是请不来日本人的。二是让日本人来做华洋渔业公司的顾问，也说明了自己的能耐，说明自己在上海还是混得开的，能把日本人请来当顾问。三就是梁月舟想打消何仁斋的顾虑，免得他猜忌自己垄断华洋渔业公司，现在由日本人在做顾问，那说明公司还是有国外人士参与的。当然，虽然何仁斋不是傻子，这些都看在了眼里，但是他毕竟是乡下的大渔主，来到上海这十里洋场，梁月舟说得也没错，他乡下的大渔主何仁斋，只能是这十里洋场上这帮人的口中餐！

当然梁月舟心里也清楚，既然让这何仁斋出了这么多的钱成立了华洋渔业公司，那肯定在公司里得有个名头给这何仁斋，所以便对何仁斋说让其做华洋渔业公司的总经理，至于梁月舟自己么，说做经理就行了，干些具体的工作。这何仁斋开始还寻思着，这华洋渔业公司是自己的资产筹建的，自己怎么也得有个职务吧。但华洋渔业公司的整体管理和筹备工作一直是由自己的好友梁月舟负责，所以自己也不好要求什么。正在他心存顾虑的时候，梁月舟提出了让何仁斋担任华洋渔业公司的总经理，这让何仁斋高兴不已，感觉自己的好友梁月舟很够意思。这不，马上就让何仁斋到挂有"总经理"门牌的房间里办公了，办公室位于高楼的高层，老板椅后边就是可以看到上海车水马龙、灯红酒绿无限风光的玻璃窗。何仁斋自己做梦也没想

到，会离开打拼了多半辈子的东海渔村，到上海来发展，现在居然还和好友成立了华洋渔业公司，自己还当上了总经理，想想真是高兴啊。没多久，梁月舟为了稳住何仁斋，还故意安排交际花薛绮云去接近何仁斋。顿时，何仁斋便被薛绮云的姿色和风情所迷惑，渐渐地对她着了迷。

☆何仁斋任总经理，梁月舟任经理。不久，梁月舟故意让交际花薛绮云去接近何仁斋，何仁斋对她着了迷。

自打梁月舟利用大渔主何仁斋建立的华洋渔业公司成立并聘请日本人做顾问后，日本人的机器渔船就以华洋渔业公司的名义，如入无人之境地公开驶入中国的领海进行捕捞作业，尤其是到何仁斋熟悉的东海一带捕鱼。梁月舟拉日本人加入远洋渔业公司的目的

性很强，日本的捕鱼业比较发达，特别是捕鱼的相关
设备和技术比较成熟。但日本当地的海域面积相对狭
小，所以远远满足不了当地渔民和渔业公司的捕捞。
日本的捕鱼公司也一直想到周边国家的海域进行捕捞
作业，但根据国际海洋公约，不得跨区域进入非本国
海域内进行捕捞作业。所以日本一直觊觎中国的海洋
资源，早就想到中国来捕鱼。正好上海成为一个相对
开放的国际化大都市后，不少的外国人涌入上海，成
为中国公司的合资人、顾问，为中国的一些渔业公司
提供捕鱼所用的船只、设备等。所以这次日本人也通
过梁月舟和大渔主何仁斋成立华洋渔业公司之际，将

☆从此，日本人的机器渔船就以华洋公司的名义，如入无人之境地驶入中
国的领海，尤其是到何仁斋熟悉的东海一带来捕鱼。

自己的渔船和设备开到了东海进行捕鱼。

　　日本人的机器渔船横冲直撞地在东海捕鱼。因为其船只又长又宽又大，吃水又深，船上的捕鱼设备也是采用机械化，所以就大规模生产，导致每次捕鱼较多，鱼多则导致价廉。这里原来的渔民哪里竞争得过东洋大公司！渔民的生活受到严重威胁。每天早上天还不亮，东海附近渔村的渔民们便驾驶着自己的小木船出海捕鱼了，但由于船小、吃水也浅，更谈不上什么排水量，所以往往行驶到有鱼可捕的海域就要半天时间，另外还要考虑恶劣天气带来的危险性，稍有闪失就可能船毁人亡、葬身海底。可近处海域已经没有什么鱼可捕了。再加上渔民们的小木船上也

☆日本人的机器渔船横冲直闯地在东海捕鱼。因为是大规模生产，鱼多价廉。那里的渔民哪里竞争得过东洋大公司！渔民的生活受到严重威胁。

都是采用人工撒网、收网的方式捕鱼，其劳动强度大、效率相对低下。所以每次捕鱼都要付出很强的劳动力，但收获却没有一点保障。而日本人的机器渔船就不同了，利用马达做驱动，有强劲的动力。还可以到鱼类丰富集中的深海区域捕鱼，捕上来的鱼多且质好，自然影响了普通渔民的生活。

在华洋渔业公司机器渔船的影响下，更多的东海附近的渔民日常捕鱼受到严重的影响，直接导致其生活受到影响。徐妈家的小猫和小猴兄妹俩也只租到了一只小木船，也只有一张破渔网，还得缴纳何家的船租，一家三口的生活现在是越来越苦了。白天，天还没亮，小猫和小猴就已

☆小猫、小猴他们只租到一只小船，仅有一张破渔网，还得缴纳何家的船租，一家三口的生活越来越苦了。

经摇着小木船出海捕鱼了，当东方刚露出鱼肚白的时候，两人已经在撒网捕鱼了，在晨光的沐浴下，小猫和小猴辛苦地劳作着。中午两人就在船上吃些带着的简单的干粮——窝头，甚至有时中午根本就不带吃的。傍晚直到整个太阳都沉入了海底，西方的海面看不到一点红黄时，两人在才拖着疲惫的身体往家返回。但是忙碌了一天，却根本捕不到多少鱼，甚至更多的时候，所捕的鱼拿到鱼市场交易后，换来的钱连缴船租的钱都不够。有时天气不好，还不能出海捕鱼，此时，兄妹俩也没闲着，同瞎眼的妈妈一起编织着鱼网。

自从大渔主何仁斋去了上海之后，便将自己名下的一切账务都交给了管家二爷代为管理。管理船户的二爷便变本加厉，更加作威作福起来。他整天拿着算盘，对着何仁斋家渔船租户的账簿进行算计。盘算着如何能让自己捞更多的钱，如何压榨租户们。这天二爷又在逼迫渔户们交租，渔民们苦苦地向他哀求着。你想，现在梁月舟同何仁斋与日本人开的华洋渔业公司整天派日本人的大型渔船在东海捕鱼，人家的船可是基本上都是机械化，不但安装有动力驱动装置，能够多拉快跑。另外这日本人船上的捕鱼设备也很先进，也是半机械化的，根本不需要完全用人工来撒网收网，而是通过人来操作按钮，让船上的捕鱼设备自行完成撒网和收网的系列作业流程。这样一来，他们捕的鱼个儿大、品种好，且他们捕捞的规模也大，所以人家价钱便宜。这样一来，有谁还愿意要这些渔船租户们捕的鱼呢？所以这些渔船租户们希望二

爷能将渔船的租金降下来。

☆自从何仁斋去了上海后，管理船户的二爷更加作威作福起来。这天他又在逼迫渔户们交租，渔民们苦苦地向他哀求。

　　当二爷又来跟渔船租户们收租金时，租户们由于鱼打不上来，仅打的一点儿鱼还卖不上价钱，卖鱼的钱根本就不够交渔船租金的，所以大家都跟二爷理论，求他降低渔船租金，再宽限些收租金的时日。这二爷可不是省油的灯，一看这些租户们有情绪，还要求减免租金，宽限收租日期，这他哪儿能干。本来船租是帮大渔主何仁斋代收的，自己嘛，只是每一户人家加了些自己代收租金的辛苦费而已，那肯定不能降低租金。再说了，你打得上鱼打不上鱼跟我也没有什么关

系，我只负责往外租船、往回收租金，其他的一律不管，一切条件和要求也免谈。渔民们一看二爷根本听不进大家的话，对大家的要求和想法是不闻不问，置之不理，大家很是上火，便同蛮横无理的二爷争吵起来。小猴也在人群中，他气不过也叫喊了几句，二爷就对小猴大打出手。小猴虽然说正是年轻气盛的时候，但他本来身体就虚弱、瘦小，哪里经得往这二爷的狠手，扑通一下子就跌倒在了地上，二爷见状并不罢休，还要上去狠狠地踢他，幸亏被周围其他的渔民们拉住了。

☆小猴气不过叫喊了几句，二爷就对小猴大打出手。小猴跌倒在地，二爷还要狠狠踢他，幸亏被渔民们拉住了。

第八章

投奔上海

　　小猫看到哥哥被可恨的二爷打倒在地，忙跑过去护住了倒在地上的小猴……徐妈眼瞎看不见，身体也每况愈下。穷困的生活再也无法维持下去了，一天小猫对小猴说道："哥哥，我们现在在乡下太苦了，倒不

☆穷困的生活再也无法维持了，小猫和小猴不得不忍痛把破房子押给了何仁斋家，扶着瞎眼的妈妈投奔到上海的舅舅家去。

如到上海去找舅舅，或许他那里有法子可想。"然后，小猫和小猴不得不强忍着内心无比的悲痛，把家里这两间仅有的破房子押给了何仁斋家，然后扶着瞎眼的妈妈投奔到上海的舅舅家去了。现在出海打鱼的确太辛苦了，近处的海域已经没有鱼可捕了，可是到远处的海域，小小的渔船根本无法到达，要是再赶上有台风或暴雨啥的，那就会像自己的父亲徐福一样，命丧大海。现在鱼捕不到了，母亲的眼睛也看不见了，鱼网也不能编织了，可是船租还要交。为了船租一事跟二爷理论，还惹来一身打……这日子真是没法过了。与其在这个小渔村坐等受死，不如到上海的舅舅那里去看看，兴许会有生活下去的机会。

经过艰难辛苦的长途跋涉，小猫、小猴搀扶着徐妈总算是来到了上海。小猫的舅舅也是一个长年失业的穷人，但他生性喜好滑稽，靠当"滑稽家"——滑稽演员来养家糊口。他为人厚道、热情，将徐妈一家安顿在自己一间小小的破茅草屋里。小猫、小猴和徐妈一致认为，上海作为一个大都市，机会要多些。肯定要比在乡下的渔村要好过些，就算是去讨饭，至少也有个讨的地方，毕竟上海富人多。不像乡下渔村，都是穷困的租户，唯一富有的就是大渔主何仁斋，可惜他也举家迁到了上海。那个帮他打理租户的二爷更是个吃肉不吐骨头的主儿，比何仁斋还要凶残、暴力，真是有过之而无不及啊。现在一家人终于来到了上海，投奔了舅舅，但舅舅也不容

易，人家肯收留这一家三口，还给提供了一间虽然有些破旧但也能够勉强遮风避雨的茅草屋，一家人心里已经感激不尽。所以小猫和小猴想在上海找些事情做，也算自食其力，养家糊口。

☆舅舅也是一个长年失业的穷人，但生性好滑稽，靠当"滑稽家"来糊口。他为人厚道、热情，把徐妈一家安顿在自己一间小小的破茅草屋里。

在上海安顿下来后，徐妈让小猫和小猴到附近的工厂去，看看能不能找些事情做。考虑到小猫和小猴初到上海，人生地不熟，舅舅便带着他们到处寻觅招工的地方，终于看到一家工厂贴出了一个招工启事，上面写着"招收机器间男工十五名，纺纱间女工十八名，报名日期为次日上午八时面试收录……"看到这个招工启事，小

猫和小猴开心不已。两个人都没有去工厂做过工，感到很好奇，希望明天的面试能通过。如果能够获得通过，那么就可以去工厂上班了，这样的话，至少小猫和小猴就能吃上饭了，他们的生计问题不用考虑了。两个人每个月还会有工资，妈妈在家里也就有着落了。两个人在工厂上班，省吃俭用，那样的话，每个月除去一家人的花销，可能还会有富余哟。其实现在一家人也没有什么大的花销，住的房子虽然有些破，但因为是舅舅家的，不用付租金的，那唯一需要解决的就是吃饭的问题了，两个人的工资，怎么也够母亲吃饭了吧……两人期待着第二天的面试能通过。

☆徐妈让孩子们去工厂里找点事做。舅舅带着他们到处寻觅招工的地方，终于看到一家工厂贴出招"男工十五名、女工十八名"的告示。

　　第二天一大早，天还没亮，小猫和小猴就早早地起来了，在舅舅的带领下到那家工厂报名。到了工厂，简直是人山人海，由于上海失业的人太多了，有近千人来这个工厂应聘。报名的人群中各式各样的人都有，男的、女的，老的、少的，胖的、瘦的……看来真的是失业的人太多了。人家工厂可是只招男工十五名，女工十八名，男工和女工加起来也不到三十名，而今天来报名的足有一千多人。很不幸，舅舅带着小猫和小猴在报名的队伍里被拥来挤去，一会儿被推到这边儿，一会儿又被挤到那边儿，还时不时被人踩着脚，吃尽了苦头，但最终还是落选了，没能通过报名面试。为了能参加今天的报名

☆第二天一大早，舅舅领着他们去报名了。但由于失业的人太多，在上千人的报名队伍里，他们被拥来挤去，吃尽苦头，却还是落选。

面试，小猫昨天一晚上都没睡着觉，因为她知道自己和小猴现在迫切地需要这份工作。自己一家人刚到上海投奔舅舅，舅舅家也生活拮据，自己不能拖累舅舅，要尽快找到一份工作，这样生活才能有保障……可惜，事与愿违，自己和哥哥小猴还是落选了。

小猫、小猴和舅舅三个人奔波辛苦了一天，拖着疲惫的身体回到家，徐妈正在家里苦等着。听到门口传来了脚步声，随后门就被"吱呀"一声打开了，徐妈知道是孩子们回来了。忙站起身来，冲着门口方向问道："是你们回来了么？小猫、小猴？"小猫看到妈妈焦急地神态，忙对

☆徐妈在家里苦等，听见他们回来了，满怀希望地问："你们找到工作了没有？"小猫怕母亲伤心，含糊地说："明天也许就要去上工了。"母亲脸上浮现出少有的笑容。

她说道:"妈妈,是我和哥哥还有舅舅回来了。"徐妈一听果然是小猫他们回来,忙满怀着希望地问道:"你们找到工作了没有啊?"哥哥刚要开口说话,被小猫轻轻地扭了下胳膊,示意他住嘴,小猴便没说出话来。听了妈妈殷切的关心,小猫担心实话实说告诉母亲,她会伤心,所以便阻拦住了哥哥。然后小猫面带微笑,含糊地答道:"我……我和……哥哥都找到工作了,明……明天也许就要去上工了。"舅舅明白了外甥女的意思,便在旁边附和着说道:"对,他们明天可能就要去上工了。"听到小猫和小猴找到工作了,母亲的脸上浮现出少有的笑容,对他们说道:"你们有工作了,我也就放心了。"

　　舅舅滑稽演员的工作也不稳定,他的收入也是朝不保夕。长此以往也不行,无奈之下,小猫、小猴便背着用破布包做的口袋,到各处的垃圾堆里去捡废品,卖些小钱度日。母亲在家里还以为小猫和小猴每天都去做工呢。这天一大早,小猫和小猴就来到了一个离家不太远的垃圾堆处捡拾废品,由于每天早上都是垃圾倾倒相对集中的时间段,所以好多像小猫、小猴一样的人都在这个时候来到了垃圾堆这儿等着捡拾垃圾。清晨开始,各式各样的倒垃圾的车开始络绎不绝地往垃圾堆处倾倒垃圾,小猫、小猴和人们争相在刚倒出来的垃圾堆里不停地翻找着。那垃圾里什么东西都有,废纸、塑料、烂菜叶、果皮屑、玻璃瓶……应有尽有,各种气味都混合在一起,那股腥臭,让人受不了。可

☆舅舅的收入朝不保夕。无奈中，小猫、小猴背着用破布包做的口袋，到各处的垃圾堆里去捡废品，卖些小钱度日。

是小猫和小猴顾不上这些，倒垃圾的车刚一到这儿，大家就一哄而上的围了上去，根本顾不上什么腥臭和肮脏，只是希望能从里边找到更多可以卖钱的东西。

其实捡拾垃圾不单单是又脏又臭，里边还拉帮结派，勾心斗角。由于小猫和小猴刚开始捡拾垃圾，虽然两人的衣服较破，打有补丁，但却是很干净，不像其他捡拾垃圾的那样人那么邋里邋遢，两人的脸上也不是脏兮兮的。正在小猫和小猴认认真真地捡拾垃圾时，一个青年人带领着一群年龄不大的也是捡拾垃圾的人跑了过来。他们可能是看到小猫和小猴的面孔有

些生疏，另外小猫和小猴看上去还很整洁，这个青年人便看着小猫，用手摸了摸小猫的脸庞说道："哟，这小脸蛋还挺白呀！"这时旁边的那些捡拾垃圾的人也跟着在旁边起哄，哈哈大笑。小猫一边害羞地向后躲着，一边拉起旁边哥哥小猴的手，撒腿就跑。两人跑了好一会儿，跑到了一幢高楼下的垃圾箱旁边才停下来。这时小猫用脏兮兮的双手在自己的脸上胡乱摸了几下，脸上顿时显得不那么白净了。小猴见状，也跟着效仿。然后两人开始在这个垃圾箱旁捡拾废品。何仁斋和薛绮云正巧住在这幢楼上，这时他们已经结婚了。

☆一天，他们跑到一幢高楼下的垃圾箱旁捡废品。何仁斋和薛绮云正巧住在这幢楼上，这时他们已经结婚了。

　　此时，楼下，小猫和小猴在何仁斋的楼下垃圾箱旁忙活着，时不时因为发现值钱的可以卖的废品而发出嘻嘻哈哈的笑声。楼上，薛绮云跟何仁斋正在撒娇打闹。只见何仁斋左手举着一只倒有红酒的杯子，右手藏在身后。薛绮云看到何仁斋手里的红酒杯，便撒娇状地跟何仁斋要，何仁斋故意不给，还将手里的红酒杯举高了好多。薛绮云并不放弃，依然不停地跳起来抢何仁斋手里的红酒杯。最终还是薛绮云胜利了，她抢到了何仁斋手里的那杯红酒。这时何仁斋并没感到丧气，而是将藏在身后的右手伸了出来，原来他手

☆薛绮云跟何仁斋撒娇打闹，顺手从窗口往外丢出一个空酒瓶，空酒瓶砸在小猴戴的破草帽上，另一个拾垃圾的苦孩子立刻跑过去与小猫抢夺这个酒瓶。

里还有一瓶红酒呢！薛绮云看到这瓶红酒，脸色微微一变，然后将杯里的红酒一饮而尽，然后又拿过何仁斋手里的那瓶红酒倒了一杯。酒倒完了，薛绮云便直接将红酒瓶顺手从窗口丢了出去。这个空酒瓶正好砸在了楼下小猴戴的破草帽上，另一个捡拾垃圾的苦孩子立刻跑过去与小猫抢夺这个宝贵的可以卖钱的酒瓶。

　　小猫紧紧抓着酒瓶的上半部分，那个孩子牢牢地捉着瓶子的下半部分。两人就这样僵持着，谁也不松手。小猫看着这个跟自己抢酒瓶的男孩说道："这个酒瓶打中了我哥哥的头，应当是我的！"但那个男孩就是不撒手，不肯退让。见此，小猫又表情沉重地对这个男孩说道："谢谢

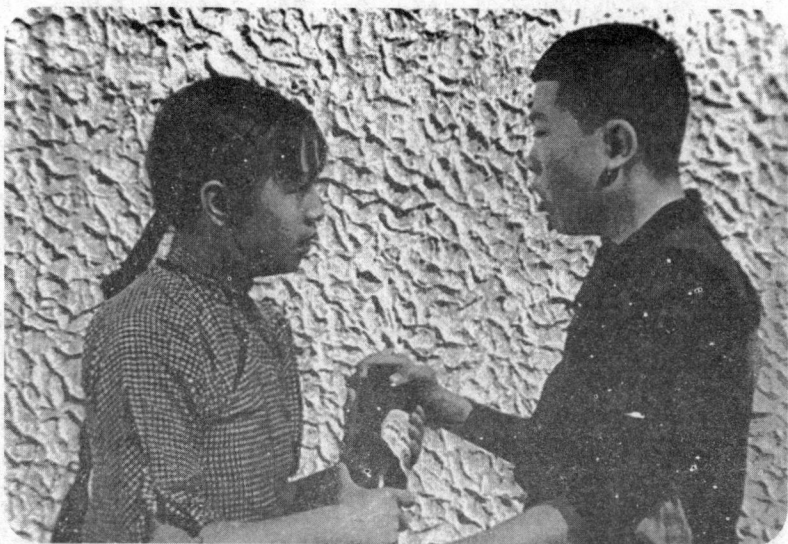

☆小猫说："我们家里有个瞎了眼的妈妈在等着我们养活。"可那个苦命的孩子难过地说："我妈妈全身瘫痪了，爸爸给机器轧断了腿，他们全等着我一个人养活呢⋯⋯"

你，请你将这个酒瓶给我吧。我们家里还有一个瞎了眼睛的妈妈要等着我们养活呢！"那个男孩听了小猫的话，并没有妥协，而是看着小猫，气狠狠地说道："你的妈妈只不过是眼睛看不到了，但还可以听到的，也还可以走动。但是，我妈妈却是全身瘫痪了，爸爸也在工厂干活时给机器轧断了腿，爸爸和妈妈全等着我一个人养活呢，我比你要苦的多啊！"看来捡拾垃圾的都是苦命的孩子，小猫也没想到这个苦命的孩子竟然比自己的生活还贫困。看来上海也不是所有人都适合待的，没来上海之前，总以为上海是个繁华的大都市，都是有钱人，现在设身处地，会发现其实也有好多贫困的人。

就在小猫和这个苦命的孩子因这个空酒瓶争执不

☆谁料到这时小猴冲过去抢瓶子，一不当心，瓶子摔碎了。那个孩子哭了起来，小猫过意不去，便从破包里找出一个香烟罐子递给他。

休时，小猴慢慢地苏醒了过来。他从地上慢慢站了起来，看到妹妹和这个苦命的孩子都紧紧抓着空酒瓶的一部分，他便猛地扑过去抢这个瓶子。就这样，那个苦命的孩子站在垃圾箱内，小猴站在垃圾箱外，两个人推来搡去的为这个空瓶子争夺着。毕竟那个苦命的孩子年龄更小，虽然两手紧紧地抓着瓶子，但还是被小猴拽了过来，小猴也没有想到瓶子会被自己夺过来，所以当时也留意，结果把瓶子给甩了出去，瓶子直接摔在了地，摔了个粉碎。看到瓶子掉地上碎了，小猴好像有些不知所措，不停地搓着双手，显露出无辜的表情。那个苦命的孩子看到瓶子碎了，居然一边用胳膊擦着眼泪，一边哭泣。小猫一见这个苦命的孩子哭了，顿时感觉有些不好意思，便急忙地去劝他。可是这个苦命的孩子并没有停止哭泣的意思。小猫见状，忙从胸前的破包里找出一个香烟罐子递给了他。

那个苦命的孩子这才不哭了，手里紧紧地攥着小猫给他的香烟罐子。小猴看到小猫将这个香烟罐子给了那个苦命的孩子，心里十分不愿。但是小猫顾不上太多，便拉着小猴走开了。此时，小猫、小猴的舅舅正在一边搞演出，两人便跑到舅舅那边去看。在街边的一小块空地面上，用粉笔端端正正地写着"自由舞台"四个大字。小猫和小猴看到，舅舅头顶上戴着一顶纸帽，还擦白了鼻子，一边敲打着竹板，一边用力地唱着，围观的人还真是不少。可以说是里三层，外三层，好多人在最外边看不到里边，便不停地

☆小猫、小猴跑到舅舅那边去看。街边的一小块地面上，用粉笔写着"自由舞台"四个字。舅舅头戴一顶纸帽，擦白了鼻子，边敲竹板边唱，围观的人还真不少。

往起蹦跳着，有的踮着脚。围观的人群中，有老人、小孩、男的、女的，有戴着圆顶软帽的，有光着脑袋没有一根头发的，有肩上背着行李的，有手里拎着书包的，有手里拉着孩子的，有穿着长衫马褂的，有披着大氅穿着皮鞋的。总之各式各样的人将小猫、小猴的舅舅围了个水泄不通。

小猫、小猴的舅舅在那个"自由舞台"上唱的是："摩登少爷多，吃喝又玩乐，看你将来变只丑骆驼呀，丑——骆——驼！摩登小姐多，好吃又懒惰，看你将来变个老妖婆呀，老——妖——婆——！"舅舅一边唱一边跳，还时不时挥舞着手里的扇子。他的滑稽表情

和幽默唱腔，赢得了围观的人们的阵阵掌声。一曲唱完，小猫、小猴的舅舅双手向众人一抱，然后对大家说道："兄弟再来唱一段绍兴高调，如果有得罪诸位的地方，还请大家多多原谅。"众人听说还有绍兴调高，顿时表现出一阵莫大的兴奋。因为大家知道，这绍兴高调，是古老的戏曲声腔之一，又名掉腔、新昌调腔、新昌高腔，以新昌为中心，流布于浙东绍兴、萧山、上虞、余姚、嵊县、宁海等地。它被认为是明代南戏"四大声腔"之一余姚腔的唯一遗音。"年终封箱，艺人返乡，说声做戏，即可登场。"便是对这绍兴高调灵活形势的最佳褒奖。所以大家都很喜欢。

☆他舅舅唱的是："摩登少爷多，吃喝又玩乐，看你将来变只丑骆驼呀，丑——骆——驼！摩登小姐多，好吃又懒惰，看你将来变个老妖婆呀，老——妖——婆！"

说唱就唱，只见舅舅转回身，简简单单地进行了一下化装，衣服鞋子啥的倒是没什么变化，就是脸上比较夸张。只见他戴了一顶帽子，还戴了一副眼镜，然后还在鼻子下边挂了个长长的假胡子。就这身种打扮，围观的人便笑声阵阵，然后舅舅就开始了忘我的绍兴高调的演唱。他一边唱，还一边间杂着一些夸张的动作，让周围的人开心不已。这时小猫和小猴站在外圈，看不太清楚，听得也有些隐隐约约，所以两人想往里边挤挤，想看个真真切切、听个明明白白。在舅舅的演唱与表演当中，两人不停地由外边向里边挤着。小猴往人群里挤时，一不留心滑了一跤，跌在了

☆小猴往人群里挤时，不留心滑了一跤，跌在舅舅跟前，人群哗然。有人说："哈！这小子天生一副滑稽相，要是唱起滑稽戏来，比这老家伙更有趣。"听了观众的说笑，回家后，舅舅开始教小猴学滑稽戏。

正在"自由舞台"上投入的演出的舅舅的跟前。小猴
这一不经意的出现，霎时间引起了人群的哗然。有人
说道："哈！这小子天生一副滑稽相，要是唱起滑稽戏
来，比这老家伙更有趣。"听了观众的说笑，回家后，
舅舅便开始教小猴学滑稽戏。

听到小猫的舅舅在教小猴学滑稽戏，徐妈便问小猫
的舅舅在做什么。这时舅舅对徐妈说道："滑稽戏是明眼
人生财的勾当，瞎子是不会了解的。"然后舅舅就教授小
猴一些滑稽戏基本的技巧类动作、表情、姿势等，小猴
也在认真地学着。虽然小猴天资愚钝，但是学习起来还
是很认真的。舅舅不遗余力地教着，小猴全心全意地学
着。但毕竟小猴的头脑与常人相比略有欠缺，所以舅舅

☆徐妈听他们在唱戏，对舅舅说："小猫从小就会唱我们那里的《渔
光曲》，唱得怪好听的呢！"舅舅一听，喜出望外，就喊小猫来唱。

在教的过程中相当费力。但舅舅也知道小猫一家情况特殊，小猫和小猴找不到活儿干，自己的妹妹徐妈眼睛也看不见了，所以他下决心一定要将小猴培养出来。徐妈听到舅舅还在认真地教着小猴，便对舅舅说道："小猫从小就会唱我们那里的《渔光曲》，唱得怪好听的呢！"舅舅一听，喜出望外，就喊小猫来唱。

小猫轻轻地唱道："东方显出微明，星儿藏入天空，早晨渔船返回程，迎面吹来送潮风。天已明，力已尽，眼望着渔村路万重，腰已酸 手已肿，捕到了鱼儿腹内空，鱼儿捕得不满筐。又是东方太阳红，爷爷留下的破渔船，小心再靠它过一冬。云儿飘在海空，鱼儿藏在水中。早晨太阳里晒鱼网，迎面吹过来大海

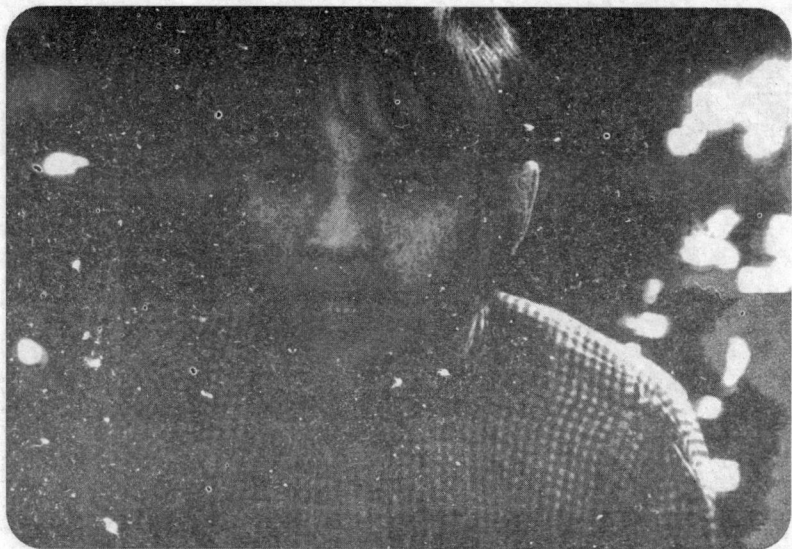

☆小猫轻轻地唱道："东方显出微明，星儿藏入天空，早晨渔船返回程，迎面吹来送潮风……鱼儿捕得不满筐，又是东方太阳红。爷爷留下的破渔网，小心再靠它过一冬！"

风，潮水升，浪花涌。渔船儿飘飘各西东，轻撒网紧
拉绳，烟雾里辛苦等鱼踪。鱼儿难捕租税重，捕鱼人
儿世世穷。爷爷留下的破渔网，小心再靠它过一冬。
东方显出微明，星儿藏入天空，早晨渔船返回程，迎
面吹来送潮风。天已明，力已尽，眼望着渔村路万重，
腰已酸 手已肿，捕到了鱼儿腹内空鱼儿捕得不满筐。
又是东方太阳红，爷爷留下的破渔船，小心再靠它过
一冬。"小猫悠扬的歌声，在夜色里飘扬着，让这个宁
静的夜晚显得那么美好，她的歌声，在黄浦江上回响。

　　听了小猫的歌声，舅舅感觉小猫唱得的确不错，
不光歌声优美，且很有感染力。小猴在旁边对舅舅说：
"妹妹唱得真好听，可惜我老是学不会。"舅舅听了小
猴的话，看了看他，没说什么，心想，这歌儿要是让

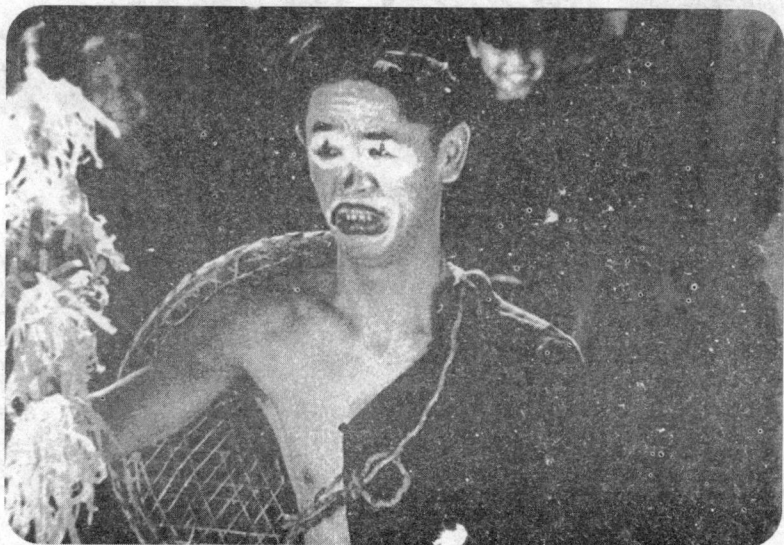

☆第二天，兄妹俩跟着舅舅到"自由舞台"去试试。小猴和舅舅都
　化了装，合演昨天在家里排好的滑稽戏。

— 131 —

你唱，就一点儿情调也没了。舅舅决定对自己的节目重新进行编排，他感觉有必要让小猴和小猫加入到自己的滑稽表演当中。一是丰富自己的节目内容，二是让自己的节目显得不单调，三是有两个外甥跟自己演出，可以满足观众的不同需要。这样想着，舅舅便开始动手编排新的节目单，安排小猫和小猴进行排练。小猫和小猴两个人练习得很投入，舅舅根据自己的表演经验，结合两人的表演特点，对两人的表演风格和一些技术要点包括注意事项进行了指导。第二天，兄妹俩跟着舅舅到"自由舞台"去试试。小猴和舅舅都化了装，合演昨天在家里排好的滑稽戏。

今天是三人合作演出的第一天，观众又是里三层

☆他们演得都不错，小猴的一些滑稽动作引得观众哈哈大笑。小猫唱的歌观众也很爱听。这以后，他们就瞒着母亲，跟舅舅在"自由舞台"上演唱或表演滑稽戏。

外三层，大家对平时看惯了一个人的"自由舞台"已经有些审美疲劳，今天看到表演由平时的一个人变为三个人了，很是好奇。更多的人在欣赏着小猫、小猴和舅舅三个人的表演。他们演得都很不错，特别是小猴的一些滑稽动作引得观众哈哈大笑。他时而在地上翻跟斗，时而不停地晃动着脑袋，还经常用他原本那长得就有些滑稽的脑袋做一些搞笑的表情，给大家带来不少的笑料。小猫唱的歌观众也很爱听，不仅仅是因为她那优美的嗓音和动听的乐律，还有她在唱歌时投入的表情和状态，结合着那略为忧伤的歌曲，让人有一种身临其境的感觉。有小猫和小猴参与演出，舅舅也感觉自己轻松了许多。三人的演出组合，获得了广大观众的一致认可，叫好声不断。从此以后，小猫和小猴便瞒着母亲，跟舅舅在"自由舞台"上演唱或表演滑稽戏。

　　舅舅和小猫、小猴三人的"自由舞台"演出获得了很大的成功，这也让三人士气大振。在每一次的表演中都是那么卖力，那么投入。在舅舅的带动下，小猫和小猴还经常创新和改编一些新的节目，以吸引更多的观众。三个人在演出风格、节目编排和演出效果上都获得了很大的成功，得到广大观众的认可。现在舅舅更多的工作是负责新节目的创作，具体的演唱和演出工作则由小猫和小猴来承担了。但是天有不错风云，虽然说三个人的演出很是成功，但是也有令人烦

☆但他们也经常碰到警察干涉，每逢这时，观众便一哄而散。舅舅连连向
　警察求情作揖，才没被拉到警察局去。

恼的时候。那就是他们正在演出的过程当中，观众正
看的兴高采烈时，经常会碰到警察的干涉，每逢这时，
围观的观众们便一哄而散，舅舅便低三下四地连连向
警察作揖求饶，不停地说着好话，赔着不是，这才没
被拉到警察局去。

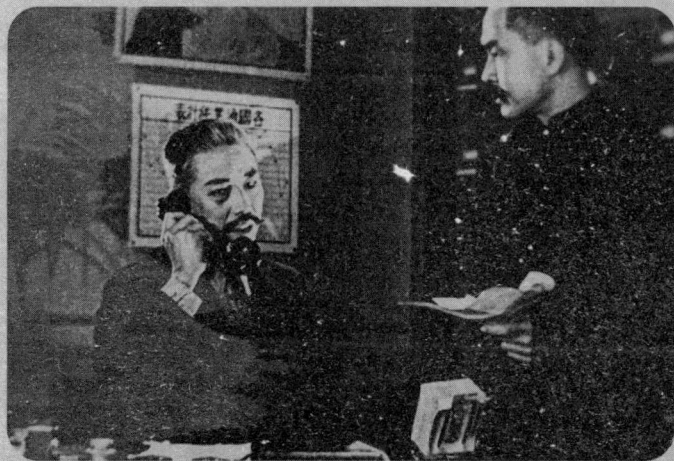

第九章

子英归国

　　时间过得很快，小猫、小猴也习惯了跟着舅舅在
"自由舞台"上演出。大渔主何仁斋的儿子何子英此时
也学成归国。他已经在和父亲的信中知道了在他当初
离家去国外求学不久，家里就遭到了土匪的骚扰，幸

☆何仁斋的儿子何子英学成归国。华洋渔业公司的东洋顾问和经理梁月舟
　等到码头上去迎接。日本顾问对子英说："你回国工作，对我们渔业一
　定会有很大的帮助！"

好父母都没有受到伤害，家产也没有遭受什么损失。他对爸爸何仁斋到上海定居的想法也很支持，毕竟自己不在父亲身边，现在乡下这么乱，动荡不安，再说何家在当地也算是家大业大，肯定有好多人惦记着。现在父亲和家人都定居上海也是好事，一是上海是个大都市，父亲可以在这儿做更大的事情，有更好的发展。二是上海环境也比较安定，不会再像乡下一样遭受土匪的侵扰。知道何仁斋的儿子今天归国，华洋渔业公司的东洋顾问和经理梁月舟等人到码头上去迎接。那个日本顾问看着年轻有为的何子英说道："你回国工作，对我们渔业一定会有很大的帮助！"

华洋渔业公司的经理梁月舟在何子英还小的时候

☆梁月舟知道子英是个很有抱负的人，他怕日本顾问再提出什么具体的想法，连忙向他丢了一个眼色，大家就坐上汽车回公司了。

就见过他，从何子英还小的时候，梁月舟就看到了何子英的伟大理想和对未来的追求，知道何子英是一个很有抱负的人。他此时看到日本顾问在同何子英交流，他担心日本顾问会提出什么具体的想法，这要是让何子英知道或参与进来的话，会对自己十分不利，所以梁月舟连忙向日本顾问丢了一个眼色，示意他别说了。日本顾问虽说对梁月舟的眼色有些迷迷糊糊，不知道个中原因，但还是很给梁月舟面子，没有再和何子英交流。这时家人们帮何子英拎着行李，嘘寒问暖地一起坐上汽车，往华洋渔业公司驶去。何子英在国外留学时，爸爸何仁斋在信中对自己提到过在梁月舟叔叔的帮助下，利用当年在乡下积累的那些资金在上海开了一家名叫华润渔业公司的机构，主要业务就是进行鱼类的捕捞作业和买卖交易。

何子英同家人乘坐的汽车在华洋渔业公司的楼下停了下来，然后大家一齐热热闹闹地往楼上走去。上楼后，进入华润渔业公司，大家刚站定，何子英看到一位长相妖媚、打扮得十分娇艳的妇人随着父亲何仁斋走了过来。何子英被这一幕震惊了，他呆呆地愣住了。他心里在琢磨，怎么自己的继母何太太没看到呢？这个女人又是谁呢？打扮成这样，一看就是个风月女子。就在这时，何仁斋指着何子英眼中这个"长相妖媚、打扮娇艳"的女子对何子英说道："子英，这就是你的新妈妈！"原来这个女子就是同何仁斋新结婚的妻

子薛绮云。何子英脑子有些混乱了一下，但马上就清醒过来。虽然自己对这个新妈妈很是反感，但他还是很给父亲面子，十分礼貌地同这个"新妈妈"打了个招呼。在稍后的一阵寒暄当中，何子英隐隐约约地觉察到梁月舟与薛绮云互丢眼色。

☆子英看到一位妖媚娇艳的妇人随父亲走过来，不觉愣住了。这时何仁斋给子英介绍说："这就是你的新妈妈！"在一阵寒暄中，子英察觉到梁月舟与薛绮云互丢眼色。

此时，何子英有一个不好的感觉：他的父亲一定是上当了。他还感觉这个"新妈妈"薛绮云同这个华洋渔业公司的经理，也就是爸爸的好友梁月舟有着暧昧关系，两人之间肯定有什么不可告人的勾当。想到这些，何子英便开始利用一切机会对这个华洋渔业公

司进行了彻底核查。他知道这个渔业公司可是父亲用一生的积蓄筹建起来的，千万不能有任何的纰漏，不能出任何问题，否则父亲会气死的。何子英利用几天时间，仔细地研究了华洋渔业公司的经济情况和所购买渔船的图样等相关信息和资料，他发现了许多舞弊的秘密。这让何子英十分生气，气得用拳头捶着桌子。在他眼中，这个梁月舟同父亲的交情很深，父亲对他也向来不薄，每次梁月舟到乡下，父亲何仁斋都是好吃好喝地招待着，出门派汽车接送，临走还不忘大包小包的礼品赠送。怎么现在这个梁月舟却反过来害父亲呢？何子英有些搞不明白。

☆子英有一个感觉：他父亲一定上当了。他仔细研究了华洋渔业公司的经济情况和渔船图样，发现了许多舞弊的秘密。他气得直捶桌子。

　　联想到梁月舟同薛绮云的暧昧表情，还有华洋渔业公司财务账目上的种种疑点，何子英感觉这其中肯定有更大的阴谋，此事非同小可，必须向父亲何仁斋汇报。何子英马上找到了父亲何仁斋，对他说道："爸爸，我感觉公司存在好多问题。"何仁斋一副若无其事的表情问道："哦？有什么问题呀？"何子英表情严肃地说道："我觉得公司里一定有很大的黑幕，我这两天查了下公司的相关档案资料和购物清单等凭证，发现华洋渔业公司所购买的所有的机器设备和船只等，购买时的价格都远远高于同期市场上的价格，比市场上

☆子英对父亲说："公司里一定有很大的黑幕，所有的机器和船只，购买时的价格都在市价的两倍以上。我明天就到渔场去作进一步的调查。"薛绮云在屋外偷听了他们的谈话。

的价格至少贵了两倍甚至更多。"何仁斋听了儿子何子英的话，有些不能相信，他惊讶地问道："真是这样？这些可都是你梁月舟叔叔亲自操办的呀！"何子英知道爸爸一直深信梁月舟，否则也就不会上这当了。何子英对父亲又说道："我明天就到渔场走走，去作进一步的调查，到时自然就知道真相了。"何子英同何仁斋的谈话被屋外的薛绮云偷听到了。

　　第二天早晨，何仁斋睡觉醒来时，没有看到新太太薛绮云，忙问佣人，佣人也说整个早上都没看到。这时何仁斋想起薛绮云昨天晚上去打牌了，有可能是还没回来。他便对正在收拾房间的佣人说道："太太可能昨晚到

☆早晨，何仁斋醒来时，不见薛绮云，以为薛绮云在王公馆打牌太晚了没有回来，便叫佣人开车去接。

王公馆去打牌了，估计由于太晚了，没回来。你叫车夫去王公馆家一趟，接太太回来。"何仁斋知道薛绮云喜欢打麻将，但自己确实不喜欢那股子吵闹劲，所以每次薛绮云去打麻将时让自己陪着，自己都推辞不去。何仁斋还是习惯自己乡下的那种悠闲生活，每天到渔场去转一转，在管家和账房的陪同下拿着算盘和租户账簿去收租金。然后在家里没事的时候看几眼书，再泡上一壶清茶，躺在摇椅上，困了就眯一会儿，时不时再喝上一口那清香四溢的清茶，偶尔来了兴致，把玩自己收藏的那些古董。至于其他的爱好，便也没了。

佣人听了何仁斋的吩咐，便走出了房间，安排车夫去王公馆接太太去。看佣人出去了，何仁斋便坐在

☆佣人刚走，何仁斋突然发现桌子上有一封薛绮云留下的信。

了旁边的沙发上，顺手倒了杯红酒给自己。突然他看到茶几上有一封信，他便忙拿了起来，只见上边写着"仁斋老先生启 薛绮云留"。何仁斋脑子有些乱了，怎么太太会给自己留信呢？她不是去王公馆打麻将去了么？何仁斋有些纳闷，虽然他和这个薛绮云结婚时间不长，当然认识的时间也不长，但他们之间却从来没有过这种通过写信的形式来交往的经历。其实何仁斋并不知道，薛绮云在昨天听到何子英同他的谈话后，知道何子英已经对她和梁月舟产生了怀疑，且对华洋渔业公司也产生了怀疑，所以为了能全身而退，薛绮云便和自己的情夫梁月舟携款而逃。当然这一切何仁斋都还不知道，他还一直被蒙在鼓里。可怜的何仁斋居然还叫车夫去什么王公馆接薛绮云，唉，真是可怜得要命。

　　尽管有满腹狐疑，但何仁斋还是慢慢地拆开了信封，将里边的信拿了出来，只见一页雪白的信纸上只是简简单单的十个黑色大字，文字内容是："从此别矣，请公毋念！云上"很显然，这是一封绝交信。何仁斋这时才明白，薛绮云已经脚底板抹油——溜之大吉了，看来现在她已经逃之夭夭了。此时，何仁斋的脑子才稍微的清晰起来。他想到了儿子何子英昨天说给自己的话，难道这一切都同这个薛绮云有关系？不对呀，她从来不过问公司的事情的，公司的事情也不需要她经手的，应当和她没关系。可是要是没关系的话，

那她为什么又要突然不辞而别呢？还留下了一封如此绝情的绝交信。想想自己虽然和这个薛绮云结婚时间不长，也只是到上海以后的事情，但自己对她可不薄呀，衣食住行，样样都没有怠慢……

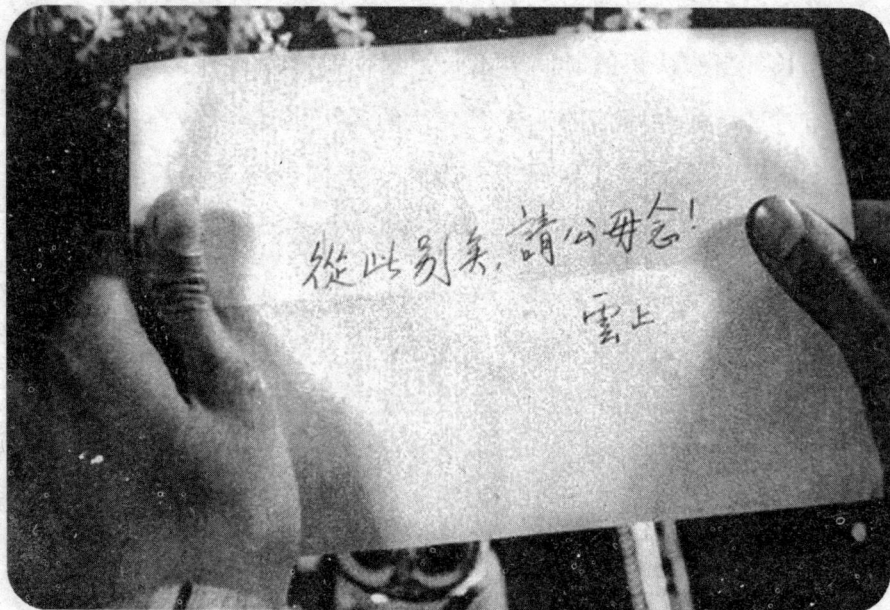

从此别矣，请公毋念！

云上

☆很显然，这是一封绝交信，几个大字赫然纸上：从此别矣，请公毋念！他这才明白薛绮云已经逃之夭夭了。

何仁斋坐在沙发上，拿着薛绮云留下绝交信的手和举着红酒杯的手不停地颤抖，他真的搞不明白这究竟是怎么了？为什么这个女人会突然的不辞而别呢？还没等何仁斋琢磨过味儿来，墙上的电话响了，何仁斋也顾不上多想，忙从坐着的沙发上站了起来，去接电话。原来电话是从公司里打来的，就听电话听筒中

传来公司职员的声音："何总经理，梁月舟经理留一下封信，信里说他走了！同时，他在临走前还把公司在三家银行里存放的所有的现款都提走了！"这个电话犹如晴天霹雳，着实让何仁斋受打击不小。刚看到自己新婚不久的太太薛绮云离家出走的绝交信，现在又得到了自己的好友梁月舟不辞而别、携款潜逃的消息，这一切来得太突然了。现在何仁斋才明白，儿子何子英说的没错，自己是上了梁月舟的当了，这个华洋渔业公司，自始至终都是梁月舟给自己设下的圈套，就是让自己往里边钻，往里边跳的。

☆还没等何仁斋琢磨过味儿来，公司里打来了电话："梁月舟留言说他走了，同时把公司在三家银行里所存的现款都提走了！"

　　这边公司职员报告梁月舟携款潜逃的电话刚搁下，
突然电话又响了。何仁斋强忍着内心的悲痛，用颤颤
巍巍的手拿起听筒，有气无力地对着电话那头说道：
"喂……"还没等他问对方是谁，就听听筒中传来了怒
斥的声音。原来这个电话是华洋渔业公司的那个日本
顾问打来的，他现在也知道了梁月舟带着华洋渔业公
司所有存款逃跑的事情，特意打电话来兴师问罪。因
为梁月舟作为华洋渔业公司的经理，他一直是总经理
何仁斋的"亲信"，所以这个日本顾问对何仁斋进行严
厉指责："你要对梁月舟的携款潜逃负全部的责任！"
　　何仁斋哪里会想到，自己认识多年，交情深厚的好友

☆那个日本顾问也打来电话，因为梁月舟是何仁斋的"亲信"，他严厉地
指责："你要对梁月舟的携款潜逃负全部责任！"

梁月舟竟然会算计自己。为了掠夺自己的财产，竟不顾忌多年的朋友交情，居然处心积虑，通过这种卑鄙的手段，苦心经营如此周密的计划，害得自己倾家荡产。此时的何仁斋可以说是哑巴吃黄连——有苦难言，他现在是一肚子的苦水，可是又能说给谁听呢？

何仁斋僵硬地举着话筒，听着电话里那个日本顾问的严厉指责，他的心里彻底凉了。他知道，自己在华洋渔业公司中的所有的股本全都完了。现如今，曾经的"亲信"加"至交"好友梁月舟竟然成了算计自己的大骗子，那个"娇艳、妩媚"的"美人儿"薛绮

☆何仁斋听着电话里的指控，心全凉了，他在华洋渔业公司中的股本全完了。"亲信"成了大骗子，"美人"变成催命符，"亲善提携"的日本顾问要他吃官司！

云却变成了自己的催命符，就连那个"亲善提携"的日本顾问居然也要让何仁斋吃官司……这一切，对于何仁斋来说，不亚于天塌了下来。他现在明白，自己错了，自己从一开始就错了。首先错在不该结交梁月舟这个朋友，自己把这个梁月舟当做好友，而他现在却做出了如此令人不齿的事情。其次自己错在来上海，当初真不该到上海来，本来自己就是个大渔主，在东海附近的渔村待着就挺好，每天可以去渔场转转，收收租金，有吃有喝，干吗要来上海。最后再错就是错在在上海成立什么华洋渔业公司，自己不该听梁月舟的话，共同成立这个公司。还有就是错在认识这个薛绮云，并且还同她结了婚……

上海十里洋场的阔人，实际上都是封建贪财的何仁斋。何仁斋一时如中焦雷，惊惶失措，红酒杯子也从手中掉落，摔在了地上。随着一声清脆的玻璃落地时的声响，碎片溅了一地，杯中的红酒也染红了何仁斋脚下的地毯……何仁斋捧着好像要炸裂的脑袋，他几乎要昏倒了。想想当初，自己由于躲避在乡下土匪的骚扰才携家带口地来上海定居，本想利用自己曾经当大渔主时积攒下来的资产，在上海做一番事业。谁会想到，自己的至交梁月舟居然是一个如此卑鄙的小人。现在想想，怪不得这个梁月舟极力主张自己到上海来定居做生意，原来他早就有了侵吞自己家产的阴谋。再想想那个华洋渔业公司，也是在梁月舟的亲力

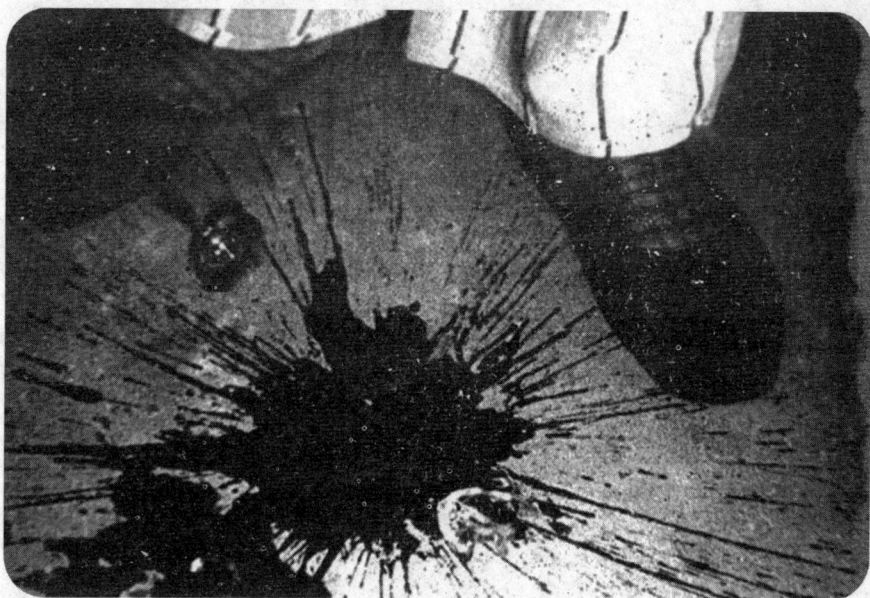

☆洋场阔人，实际上是封建老财的何仁斋，何仁斋一时如中焦雷，惊慌失措，手中的杯子摔在地上。他捧着好像要炸裂的脑袋，几乎要昏倒。

亲为下一手操办的，还有那个日本顾问，也是梁月舟给推荐的，再有那个自己新结识的太太薛绮云，也是梁月舟介绍给自己的，开始还以为梁月舟不错，现在想想，这个薛绮云也是他安排在自己身边的一个卧底……

第十章

家破人亡

何子英回国后，在一次出行时，路过上海一段繁华的街道，看到一群人围着在看滑稽戏演出。他本无意驻足欣赏，尽管他自小在乡下长大，后来又出国求学，多年都没看过这所谓的滑稽戏，但他刚回国，且刚到上海，想尽快为父亲的华洋渔业公司出力，所以他没时间对这种街道的小把戏感兴趣。但就在他刚要走过去时，突然听到了一首熟悉又动听的《渔光曲》在耳边响起："东方显出微明，星儿藏入天空，早晨渔船返回程，迎面吹来送潮风。天已明，力已尽，眼望着渔村路万重，腰已酸，手已肿，捕到了鱼儿腹内空。鱼儿捕得不满筐，又是东方太阳红，爷爷留下的破渔船，小心再靠它过一冬。云儿飘在海空，鱼儿藏在水中。早晨太阳里晒鱼网，迎面吹过来大海风，潮水升，浪花涌。渔船儿飘飘各西东，轻撒网紧拉绳，烟雾里辛苦等鱼踪。鱼儿难捕租税重，捕鱼人儿世世穷。爷爷留下的破渔网，小心再靠它过一冬……"当时何子英的第一个念头就是：这歌是小猫唱的！果然，他走

— 155 —

进入群中，看到了正在动情演唱着《渔光曲》的小猫，也看到了化妆成小丑模样的小猴。看到小猫和小猴现在沦落到了这般地步，何子英心里很是难受，便给了小猫和小猴一笔钱，希望他们能做些什么。但是何子英刚离开不久，小猫和小猴由于得到了何子英的慷慨资助，却招来了麻烦，被警方疑为与抢劫银行的惯犯有染而被关押起来。

☆话说小猫、小猴他们刚得到子英的慷慨资助，却招来了麻烦，被警方疑为与抢劫银行的惯犯有染而被关押起来。

何子英也没有想到，小猫和小猴会由于自己给他们的这笔钱而惹来麻烦。本来是希望他们能结束这种在街头卖艺的流浪生活，能够做些小本生意，能有份

稳定的收入，不用再如此辛苦。但却没想到，小猫、小猴却因为这笔钱而被关押起来了。还好，没多久，真正抢劫银行的几个人被警方抓捕归案了，这下小猫和小猴终于可以沉冤得雪，以正清白了。这天，法庭要对这起抢劫银行的案子进行宣判，几个真正抢劫银行的罪犯得到了应有的罪行。法庭上庭长宣布："真犯归案。小猫、小猴确无嫌疑。物品发还，两人无罪开释。"

☆在法庭上，几个真正的抢劫犯获罪。庭上宣布："真犯归案。小猫、小猴确无嫌疑。物品发还，两人无罪开释。"

随着庭长的宣判，台下坐着的人们终于长吁了一口气，看到真凶落网，被冤枉的小猫、小猴这对可怜

的靠在街头演滑稽戏的兄妹终于能够无罪释放，大家都开心地鼓起掌来。这样，大家以后就又能听到小猫那优美动听的歌喉与小猴那滑稽可爱的表演。当庭长宣布完判决后，小猴却依然是表情凝重，一副垂头丧气的样子。因为他没听明白法官的话，更确切地说，是小猴没有听懂法官的话。但他看到妹妹小猫的表情很轻松，脸上也不像刚被抓住时那么沮丧与无助。小猴便问小猫："刚才法官的话是什么意思呀？"小猫看着哥哥可爱的表情，有些心疼地对他说道："哥哥，法官抓住了真正抢银行的罪犯，另外经过调查，也查明了我们的钱是一位有钱的少爷给的，不是我们抢的，

☆小猴听不懂法官说的话，便问小猫。小猫告诉他："因为查明了咱们的钱是一个有钱的少爷给的，所以我们清白了，可以回家了！"

所以我们清白了，可以回家了!"

法官宣判后，小猫和小猴高兴地走出了监狱的大
门。虽然只是被关押了短短的几天，但对于小猫和小
猴来说，好像是半年之久。看着晴朗的天空，呼吸着
久违的新鲜空气，两人好像要飞起来。作为渔民的后
代，除了在乡下时的撒网捕鱼和到上海后的在垃圾堆
里捡垃圾，直到被关押前在热闹的街头卖唱和演滑稽
戏，两人都没做过什么违法乱纪的事情。即使小猴和
一个命苦的孩子争夺一个空瓶子，瓶子碎了，那个命
苦的孩子也委屈地哭了，就连这种事情，小猫都感觉
心里有些不舒服，为了安慰那个命苦的孩子，小猫还

☆他们俩走出监狱大门，高兴得不得了，想到母亲和舅舅好久没吃过一点
好东西了，就买了一些包子和猪肉，兴高采烈地往家里走。

将自己心爱的烟罐给了那个命苦的孩子。如此心地善良的小兄妹，怎么会做出违法乱纪的事情呢？所以当初被警方无端关押，着实令小猫和小猴兄妹俩忐忑不安。现在终于能"重见天日"了，两个人心里无比兴奋与激动。想到母亲和舅舅好久没吃过好东西了，小猫和小猴就买了一些包子和猪肉，兴高采烈地往家里走去。

☆临近舅舅家时，他们发现茅草房不见了，许多人围在那里不知干什么，不禁十分疑惧。

好些天没看到妈妈了，小猫和小猴很想妈妈，也很担心妈妈。妈妈眼睛看不到东西，相信舅舅会好好照顾她的。这么多天看不到小猫和小猴，相信妈妈也

很担心小猫和小猴两个人。两个人心里想着妈妈和舅舅，脚底下的步伐更快了。小猫和小猴非常感激舅舅，他们从乡下来到上海，尽管舅舅过得也不好，但还是慷慨地接纳收留他们。在小猫和小猴找不到做工的地方的时候，舅舅又引导他们跟他一块儿在街头演滑稽戏。虽然这个所谓的职业不是那么的光鲜，收入也不怎么高，但还是解决了小猫、小猴和妈妈的基本生活。……两人飞快地往回走着，小猫怀里抱着买的包子，小猴手里拎着割的几斤猪肉，一家人好久都没吃肉了，特别是小猴，拎着猪肉，边跑边往起蹦，他太想吃肉了，他要赶快跑回去，好给妈妈做肉吃。临近舅舅家时，他们发现茅草房不见了，许多人围在那里不知道在干什么，两人不禁疑惧起来。

远远地看到众多的乡亲们有的手里举着铁锨，有的手里拿着钉耙，还有的拎着水桶，大家都在不停地忙碌着。两人有些莫名其妙，这些人是在做什么呢？两个人急急忙忙地跑了过去。他们挤进人堆里，才看到地上一片废墟，好像是一间屋子被烧成了平地，余烬尚未完全熄灭。乡亲们还在忙活着，有的在用水桶往上面浇着水，有的在用铁锨铲土往火堆上掩埋着。小猫和小猴呆呆地站在人群中，看着燃烧殆尽的房屋，两人不知所措。这被烧的正是舅舅家的茅草房，怎么会变成了这个样的呢?! 看样子好像是刚刚烧过，时间应当还不长。母亲去哪儿了呢？还有舅舅呢？这又是

☆他们挤进人堆去，才看到屋子已被烧成平地，余烬尚未熄灭。被烧的正
是舅舅的茅草房，怎么会变成这样?! 他们急忙向周围的人打听。

怎么烧起来的呢？小猫和小猴已经被眼前的这一切吓
呆了，不知道该如何是好。小猫怀里抱着包子傻傻地
站在那里，像个泥人一样，脸上除了惊讶，一点儿表
情也没有。小猴手里拎着新买的那些肉，也呆呆地站
在那里，身体不停地摇晃着。小猫回过神来，忙向旁
边的乡亲打听是怎么回事。

乡亲们还在积极地忙碌着。只见原本破旧的茅草
房已经没有了，只剩下一些冒着烟被火烧成黑色的木
头横七竖八地躺在地上。旁边正在帮忙灭火的邻居告
诉小猫和小猴，起火的原因可能是茅草房里点着的煤

油灯意外失火了，然后引燃了整个屋子，他们的母亲和舅舅都被大火烧死在里边了。小猫不相信这是真的，她认为母亲和舅舅不会在里边，肯定不会被烧死的。自己家里的煤油灯每天晚上都会熄灭的，为了节省煤油，小猫每次都打一瓶煤油，这一瓶煤油要用上近三四个月。要知道，一般人家一瓶灯油用不到一个月就不够了，还要重新打。而小猫他们家，为了节省，每天晚上直到天实在是黑得看不见了，才点上一会儿煤油灯，然后就很快熄灭了。平时滑稽戏的排练更多的时候是在月光明亮的外边进行，这样不但省下了煤油，地方还很宽敞。

☆有邻居告诉他们说，起因可能是夜间煤油灯意外失火，他们的母亲和舅舅都被烧死在里面了。

这个意外事故对小猫和小猴的打击实在是太大了！顿时，小猫怀里抱着的给妈妈和舅舅买的包子全都掉在了地上，那一个个雪白的大包子从袋子里掉了出来，滚到被水稀释后的黑色的地上，瞬间，包子一个个儿就变成了黑色的。小猴也忍不住号啕大哭起来，一边哭，一边用双手不停地抹着眼睛。他这一哭，手里原本拎着给妈妈和舅舅买的那一块好几斤重的肉也随手扔了出去，直接掉到了烧焦了的木头堆里。小猫和小猴撕心裂肺地痛哭着，身旁的人看着这伤心的兄妹俩想劝住他们，可惜无论如何都劝不住。

☆这个意外事故对他们的打击太大了！顿时，手上拿着的给舅舅、妈妈买的肉和包子都掉了下来。他们痛彻心肺地哭嚎着，身旁的人怎么劝也劝不住。

两人越哭越伤心。本来团团圆圆的一家人，自打父亲
出海捕鱼遇难后，一家三代四口人，相依为命。虽说
日子过得很是辛苦，但也勉强能填饱肚子。后来是年
老的婆婆因疾病缠身，躺在床上就再没能起来。接下
来是母亲由于整夜的编织鱼网，操劳过度，导致双目
失明。本以为从乡下到上海投奔舅舅日子会好过些。
现在倒好，好日子刚要开始，母亲和舅舅却突然莫名
其妙地葬身火海……

　　小猫和小猴两个人刚从监狱出来，本来想用大渔
主何仁斋家的大少爷何子英接济他们的钱给妈妈和舅

☆这时，去渔场调查情况回来的子英正路过此地，抬头望见许多人围在一
　块着过火的地方。他想起，小猫说过他们就住在这一带，于是走过去
　看看。

— 165 —

舅买些好吃的，这倒好，几日不见，竟然成了永别……别提小猫和小猴哭得多伤心了。周围的乡亲们看着这对正在痛哭的苦命的孩子，心里都很心疼。一个个无不惋惜，都在骂老天爷不公平，不长眼。竟然将一个瞎了眼的寡妇给烧死了……这时，何子英刚从渔场调查完和爸爸的华洋渔业公司相关的一些事情回来，他刚好要路过小猫和小猴住的地方，在车上，远远就看见许多人围在一块好像是着过火的地方。何子英想想，小猫说过他们就住在这一带，于是想去过去看看小猫和小猴兄妹俩，最主要的是顺便看看自己的奶妈——徐妈。何子英是个知恩图报的人，别看他出生在大渔主家，但他的骨子里却地不像他爸爸那么凶暴残忍，他心肠总是那么的慈善。

心里想着，何子英便让车夫将车开到了人们围着的地方，然后让车夫在车上等，自己从车上走了下来。还没挤进人群，就听到了滔天的哭声，何子英拨拉开围着的人群，伸进头一看，是小猫和小猴兄妹两人正在号啕大哭，何子英这才知道是徐妈家出事了，就挤了进去。他看着小猫和小猴痛哭的样子，心里也很是难受。何子英也劝着两人，一边向旁人打听是怎么回事。旁边救火的邻居们看何子英穿着笔挺的西服、戴着圆顶的礼帽、脚上穿着锃亮的皮鞋……以为这是路过的谁家的阔少爷来看热闹来了，所以投向何子英的都是鄙夷的目光。但是听到何子英呼喊小猫、小猴的

名字，人们才意识到，这个阔少爷与这刚失去母亲和舅舅的小猫、小猴是朋友，大伙儿这才换了个眼光看着何子英，并告诉他到底发生了什么事情。听了徐妈家邻居们的介绍，何子英知道了事情的来龙去脉，他便强拉住要去火堆里找妈妈和舅舅的小猫。

☆子英看到小猴、小猫兄妹俩人在嚎啕大哭，知道是徐妈家出事了，就挤了进去。听旁人讲了他们的惨状之后，他强拉住要往火堆里找妈妈和舅舅的小猫。

正在痛哭的小猫被一双强有力的大手拉了起来，小猫这才顺着这双大手望去，原来是何子英，小猫停止了哭泣，怨愤地把何子英给她的钱都从兜里掏了出来，然后递给了他，口中还说道："少爷，谢谢你……我不敢要这个！你拿回去吧！"说罢小猫又哭了起来。

小猫感觉自己很委屈，觉得一切事情皆因何子英救济她的钱而引起的。小猫以为，本来自己和舅舅、哥哥在街头的"自由舞台"表演滑稽戏和唱歌就挺好，日子虽然辛苦，尽管偶尔会有警察的骚扰，但却也能混口饭吃。可是自打在上海遇到何子英后，得到何子英巨额资金的资助，小猫就感觉自己和小猴包括妈妈的命运发生了很大的改变。

☆小猫看到是子英，停止了哭泣，怨愤地把钱都掏出来还给他，说："少爷，谢谢你……我不敢要这个！你拿回去吧！"说罢又哭了起来。

此时小猫将心中所有的怒气都发泄到了何子英资助她的钱上了，现在母亲和舅舅去世了，就剩下了自己和哥哥，这些钱已经没有什么意义了。更主要的是

因为这些钱，小猫和小猴才会被警局错抓，由于两人被抓，导致母亲和舅舅无人照顾，才致使了晚上煤油灯引燃了整个茅草屋，让母亲和舅舅失去了生命。因此小猫感觉这一切都这笔钱造成的，所以坚持要将这笔钱还给何子英。何子英见小猫正值伤心之时，且态度很坚决，不想让她太难堪，推辞不过，便接过了钱放进了口袋里。但是何子英看着眼前的场景，地上是烧得面目全非的茅草屋的残骸，眼前是可怜的小猫和小猴兄妹两人。何子英便对哭泣的小猫说道："现在你们也没有什么着落了，也不可能去街头演滑稽戏，不

☆子英只得先把钱接下，说可以给他们在渔船上找工做。小猫想起一家人来上海以后的这段冤屈的日子，还是痛哭不已。

如在渔船上找个事情做。"此时小猫想起一家人来上海以后的这段冤屈的日子，心里就无比难受，忍不住又失声痛哭起来。

何子英知道现在小猫和小猴是真的无家可归了，便一再劝他们："你们跟我到我家里去再说……这里我马上去叫人来收拾一下。"何子英知道，小猫和小猴在上海唯一的亲人就是舅舅，这次事故让舅舅和妈妈一同失去了生命。两人现在真的是无依无靠了，对于小猫和小猴来说，何子英是他们在上海唯一认识的可以称得上朋友的人了。对于何子英来说，自己打小吃徐

☆子英见他们已无家可归，一再劝他们说："你们到我家里去再说……这里我马上叫人来收拾。"

妈的奶水长大，也是从小光着屁股和小猫、小猴一块
长大，虽然一个是大渔主家的小少爷，另外两个是奶
妈家的一对双胞胎兄妹，身份地位赫然不同，但是他
却一直没有看不起他们，一直与他们是好朋友。而现
在可以帮他们，也许只有何子英了。所以他希望自己
能够帮助小猫和小猴兄妹两人，希望两个人能早日从
失去亲人的阴影中走出来，能够开始全新的生活。他
们现在没有立足之地，也许只有去自己家才是最好的
办法。

　　开始小猫和小猴都不同意跟何子英去他家住，特
别是小猫，一直没有停止过哭泣，她始终沉浸在失去
亲人的悲痛之中。她现在根本就没有心思去想太多，
更无暇考虑以后怎么办，住在什么地方。小猫一直觉
得虽然自己打小和哥哥命就很苦，刚出生不久就失去
了父亲，接下来十来岁时又失去了深深地疼爱着他们
的婆婆，现在又失去子相依为命的妈妈，她感觉上天
是如此的不公平，让她和哥哥饱受着常人无法感受的
痛苦……所以小猫对何子英的话几乎就听不进去。倒
是小猴，在何子英和周围乡亲们的劝说下，小猴终于
有些心动了。他可能想得比较简单、比较直接。他知
道现在妈妈被火烧死了，舅舅也不在了，以后也不可
能再去街头演滑稽戏了，妹妹也不能再去演唱了。现
在连住的地方都没有，难得何子英这么好心，所以他
觉得可以去何子英家。盛情难却，最后小猫在何子英

和哥哥以及周围乡亲们的劝说下，终于勉强地跟着何子英和哥哥坐车来到了何子英的家。

☆小猫、小猴在众人相劝下，勉强地跟着子英到了他家。

　　车子在何子英家的门口停了下来，马上就有人来打开了大门，一个佣人过来给他们打开了车门。小猫和小猴哪儿见过这阵势呀，简直就惊呆了。金黄色的大门，房间内金碧辉煌，那个气派呀，不言而喻。客厅里的摆设很是讲究，进口的真皮沙发，看上去那么讲究，上档次，还很饱满，坐上去肯定舒服。就连房间里放的花盆，都好像是景德镇的陶瓷盆，那个做工，那个用瓷，那个造型，一看就是大家之手。楼梯的扶手也是红木的，上面镂空雕刻着大大的花卉，造型生

动，惟妙惟肖。地上铺着厚厚的地毯，踩上去软绵绵
的，很是享受。小猫和小猴进了屋子，都有些不知所
措，不明白怎样才好。何子英将小猫和小猴领进屋子，
看父亲没在，便让小猫和小猴在楼下的大厅里暂且坐
下来等一会儿："小猫、小猴，你俩在这儿等一等，我
去告诉我爸爸。"说完后，何子英将自己手里的包给了
佣人，然后自己就匆匆地跑到楼上去找他的父亲。

☆子英让他们在楼下的大厅里暂且坐一会儿："你们等一等，我去告诉父
亲。"自己匆匆地跑到楼上去找他的父亲。

　　小猫和小猴站在楼梯旁边的沙发前，见何子英说
完上楼去了，小猴便伸了伸僵硬的肢体，然后往地上
坐了下去，不曾想却坐到了沙发上。就在小猴的屁股

刚挨着沙发的一瞬间，他蹭地一下子就站了起来起来。小猴被沙发的那种松软与弹性吓着了，他从来没坐过沙发，见也没见过几次，他不知道沙发坐上去会是软绵绵的，他仔细打量了这个长长的三人沙发，最终还是没坐下去。破衣烂衫、涕泪交流的小猫和小猴在何子英家这个豪华高贵，富丽堂皇的大厅里很是不自在，两人担心把何子英家的椅子和沙发什么的弄脏了，只好怯怯地坐在了楼梯边上等着何子英。小猫和小猴知道何子英家有很多钱，也听何子英说了，他们从乡下往上海移居时将所有的钱财都带上了，还在上海开了家大公司。所以现在看着这个华贵的大厅，两人也不

☆破衣烂衫、涕泪交流的小猫、小猴在这个华贵的大厅里很不自在，他们怕把人家的椅子坐脏了，只好怯怯地坐在楼梯边上等着。

是特别惊奇，只是两人从来没见过如此豪华的房间，就更别说进来了，现在两人还坐在了这个大大的地毯上，感觉很奢侈。

就在小猫和小猴在地上六神无主地待坐着时，疯人一般的，曾经的大渔主何仁斋急急忙忙地从外面回来了，只见他表情相当凝重，脸色铁青，头上戴着黑色圆顶的礼帽，里边穿着白色的衬衣，打着领带，外边是一件昵子的风衣外套，脚下是一双油黑锃亮的皮鞋，手里还拿着一根弯把的文明棍，要不是他这有些近似歇斯底里、气急败坏的样子，倒还有几分上海的绅士、名流的风范。可惜，此时对于何仁斋来说，一

☆恰在这时，疯人般的何仁斋急匆匆地从外面回来，突然看到两个"小要饭"的缩头缩脑地躲在他的客厅里，更是气不打一处来。

切都威风扫地，什么也没了。华洋渔业公司没了，刚过门的薛绮云太太也没了，所有的资产也没了。何仁斋一进屋子，看都没看，就将帽子从头上摘下来，狠狠地扔在了沙发上。就在眼光随着帽子落到沙发上这一瞬间，何仁斋看到了穿得破破烂烂、邋里邋遢的小猫和小猴正蹲在沙发前的地毯上。何仁斋此时正在气头上，你说他突然看到两个"小要饭"的缩头缩脑地躲在客厅里，更是气不打一处来。

小猫和小猴，由于刚从监狱出来，所以两人身上的衣服是破破烂烂，脸上也是横七竖八的黑道道，显得特别的脏。何仁斋刚进屋子，根本就不知道他们是谁，其实何仁斋对小猫和小猴也没有什么印象。他只是知道当初徐妈家有一对双胞胎的儿女和儿子何子英年龄相仿，所以才让徐妈在他家当奶妈，目的是用徐妈的奶水来哺育自己的儿子何子英。但他对小猫和小猴长什么样子，现在如何，在哪里生活，他是一概不知，他也不想知道，也没必要知道。此时他正在为华洋渔业公司破产、好友梁月舟携款潜逃、新婚妻子不辞而别这些事情生闷气，一进门就看到了两个"叫花子"，这让他更生气。所以何仁斋根本就不问青红皂白，一股子愤恨的怨气，都要宣泄在这个两"叫花子"身上。他拿起手里的文明棍，没头没脑地就朝着小猫和小猴他们打来，小猫和小猴被眼前何仁斋这凶巴巴的样子吓坏了，号叫不已，往外逃窜。

☆他不问青红皂白，一肚子愤恨的怨气，都要渲泄在这两个"叫花子"身上。他拿起手杖，没头没脑地朝着他们打来，吓得小猫、小猴号叫不已，往外逃窜。

再说何子英让小猫和小猴在楼下大厅等着，他上楼去找父亲，但他在楼上找了一圈，没看到父亲。正在他寻思父亲去哪儿了的时候，突然听到楼下传来了打骂声。何子英不知道具体是发生了什么事情，但他还是三步并作两步地赶快往楼下大厅跑。等他跑到大厅时，小猫和小猴已经被何仁斋舞动着的文明棍打得跑了出去。何子英走下楼梯，看到父亲何仁斋正在怒气冲冲地挥动着手里的文明棍，而原来在大厅里待着的小猫和小猴却不见了踪影。何子英从眼前的情形已

经看出来些端倪，知道小猫和小猴肯定是被父亲赶出去了。何子英并不知道父亲身上所发生的事情，不知道他现在心情正是相当糟糕的时候。何子英对父亲说道："爸爸，那两个是徐妈家的那对双胞胎——小猫和小猴，徐妈昨天半夜刚给大火烧死了，我正好路过他们住的地方，看见他俩无处可去，所以才把他们带回来。你现在赶他们走，等于是逼他们自杀呀！"说完何子英便跑出去追赶小猫和小猴。

☆子英上楼见父亲不在，又听到楼下打闹声，急忙冲下楼来。对父亲说："那是徐妈的儿女，徐妈被火烧死了，赶他们走，等于逼他们自杀呀！"便跑出去追赶小猫、小猴。

这时门口投递员送来一份晚报，在晚报的封底，上面刊登了关于华洋渔业公司的报告。文章主标题是：

"华洋渔业公司破产倒闭",副标题是:"公司经理梁月
舟携款潜逃,公司老总何仁斋彻底破产"。然后在正副
标题的下边是三张照片,一张是何仁斋的照片,一张
是华洋渔业公司的照片,还有一张是华洋渔业公司经
理梁月舟的照片。报道的大概内容是:"上海华洋渔业
公司由于经营不善,疏于管理,公司经理趁机携款潜
逃,华洋渔业公司总经理何仁斋破产!"想想这华洋渔
业公司虽然在上海不算是多大多著名的公司,但其由
于是梁月舟一手策划筹备且引入了日本人的参与,所
以其影响面还是很广的。现在华洋渔业公司经理梁月

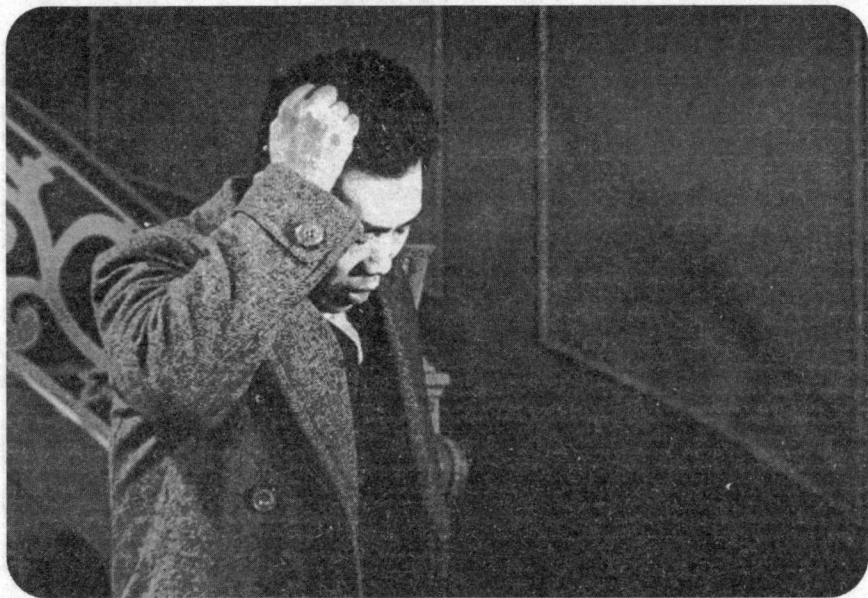

☆这时门口送来一份晚报,上面登了何仁斋的照片,报道称:"何仁斋破
　产了!"何仁斋看后气得发昏,把报纸撕得粉碎,跌跌撞撞地跑到楼上,
　气急败坏地撕着自己的头发。

　　舟携款潜逃一事可以说是上海十里洋场的家常话题，更有人说何仁斋就是掉进了梁月舟与薛绮云挖的陷阱中……何仁斋看了晚报的报道后气得发昏，把报纸撕得粉碎，跌跌撞撞地跑到了楼上。他实在是忍不住心中的愤恨，气急败坏地撕着自己的头发。

　　遭受到梁月舟携款潜逃、薛绮云不辞而别、华洋渔业公司倒闭，自己也即将破产这一毁灭性的打击后，何仁斋的精神几乎彻底崩溃了！他跌跌撞撞地走到卧室的大镜子面前，恍惚中，透过镜子他似乎看到梁月舟和薛绮云两个人席卷了他的所有资金，乘坐着"亚

☆遭到这个毁灭性的打击后，何仁斋的精神崩溃了！他走到卧室的大镜子面前，恍惚中，似乎看到梁月舟和薛绮云席卷了他的所有资金，乘坐"亚洲皇后号"游船远走高飞……

洲皇后号"游船远走高飞……他看到梁月舟和薛绮云两个人在"亚洲皇后号"游船上开了一个豪华的包房，他们将从何仁斋处席卷来的所有钱都放在床上，然后大把大把地抓起来抛向空中，然后两人还朝何仁斋微笑，一边嘲笑还一边不停地招手，仿佛在嘲弄他一般。何仁斋又看到梁月舟与薛绮云搂搂抱抱、卿卿我我、好不缠绵。两人在豪华的宾馆似的包房里尽情地愉悦着，只见梁月舟手里拿着一瓶法国的红酒，给衣着暴露的薛绮云倒上了一杯，又给自己倒了一杯。两人好像是故意挑衅似地朝何仁斋看了看，两人来了个手臂交叉，喝了一个交杯酒。然后两人手里端着酒杯，在大大的房间里嬉笑着、打闹着……

这时何仁斋透过大大的镜子仿佛又看到华洋渔业公司那个日本顾问正狞笑着和好多人在斥骂他，并伸手向他索债……何仁斋此时已经彻底地明白了，他初到上海时梁月舟举办的招待酒会，并在会上拿出了华洋渔业公司的筹备计划，包括后期华洋渔业公司的建立，还有聘请日本人做顾问，乃至介绍那个戏子薛绮云给自己认识，后来又和投怀送抱的薛绮云结婚……这一切都是梁月舟精心设计好的圈套，是一个大大的阴谋。梁月舟早就垂涎于自己在乡下当大渔主时的资产，但苦于没有机会。在得知自己迫于乡下土匪的骚扰，想移居上海来安度晚年并投资发展时，梁月舟仿佛看到了百年不遇的机会。他不惜为自己接风筹办酒

会，还假装为了让自己的生意做得更大，而用自己的
资金成立了华洋渔业公司。这一切看似顺其自然，但
却全都是梁月舟蓄谋已久的，他的目的就是为了攫取
自己的财产。现在梁月舟的阴谋终于得逞了……

☆他又仿佛看到日本顾问正狞笑着和好多人在斥骂他，并伸手向他
索债……

　　此时何仁斋的脑子里不停浮现着梁月舟、薛绮云
还有华洋渔业公司的那个日本顾问的丑陋嘴脸。他惊
慌、恐惧。转头一看，他看到了镜子下边梳妆台上放
着的相框，自己和薛绮云结婚时的合影就在里边。而
平时看上去照片中薛绮云的微笑是那么美丽可爱，但
此时却像在嘲笑、耍弄他一般。何仁斋已经疯了，他
无法想象这个曾经跟自己花天酒地、共度良宵的女人

会突然离开自己。他知道这一切都是自己的"好朋友"梁月舟在作怪。想想当初梁月舟介绍薛绮云给自己，自己还以为他真的是为自己考虑呢，心里还非常感激。现在想想，这分明就是梁月舟安排自己的情妇来何仁斋身边做卧底、做眼线。为的就是时时刻刻就能把握自己的动向，知道自己的行踪。这个梁月舟可真够可以的呀，为了谋取我的家产，竟然不惜让自己的女人去跟别的男人结婚，这真是太阴险了，都怪自己，太相信这个梁月舟了，最后反被他害了！

☆他惊惶、恐惧。转头看，梳妆台上的相框中，薛绮云的笑分明是在耍弄他！……

　　脑子里想到这一切，何仁斋怒由心生，他气愤地拿起放在梳妆台上的相片框架，朝着大镜子里那个落

魄的人狠狠地砸去……此时的何仁斋已经可以说是失魂落魄，魂不守舍，看上去异常的憔悴与苍老，这一切都是华洋渔业公司破产导致的。何仁斋以为乡下土匪横行，太混乱了，虽然说自己有家丁护园，但他始终担心有朝一日，家丁与土匪里应外合，会让自己倾家荡产。现在却好，果然是家贼难防。华洋渔业公司里有经理梁月舟这个贼，在何仁斋的家里有新任太太薛绮云这个贼，内外勾结，贼贼联合，真是防不胜防啊。原以为上海日子会太平些，现在却落得这般下场……唉，真是老天的报应啊！

☆他拿起相片框架，朝着大镜子里那个落魄的人砸去……

随着稀里哗啦的声响，梳妆台上方的大镜子被何

仁斋用相框砸碎了，碎了的玻璃瞬间掉落在地面上。何仁斋看着梳妆台上残留的镜片里边残缺的自己，他把手伸向了梳妆台的抽屉。他拉开抽屉，一把黑色的手枪静静地躺在抽屉里。在抽屉其它杂物的映衬下，手枪散发着黑色的令人恐惧的光芒。何仁斋慢慢地将手枪拿了起来，轻轻地打开了手枪的保险，然后对准了自己的太阳穴……何仁斋知道，现在自己是一无所有了，钱都被梁月舟和薛绮云席卷一空，自己的华洋渔业公司也由于破产资不抵债了。本来想在上海好好发展，将生意做大，好让儿子回来后接管自己的公司，发展渔业事业。这下倒好，现在是一无所有。自己还

☆最后他从抽屉里拿出手枪，对着自己扣动了扳机！

有什么脸面活在这个世界上呢？也许此时，只有静静
地死去，才是最好的方式，……想到这里，何仁斋扣
动了手枪的扳机……

再说何子英，他并不知道梁月舟已经携款潜逃，
也不知道自己的后妈薛绮云也不辞而别，更不知道自
己的爸爸已经彻底破产。他见爸爸对小猫和小猴挥动
着文明棍，以为是爸爸讨厌他们，嫌他们是"叫花
子"。所以在爸爸将小猫和小猴打出门后，何子英便匆
匆忙忙地出去寻找。还好，小猫和小猴跑出何家后，
不知道往什么地方去，兄妹两人便蹲在一个墙角抱头

☆此时，子英已把小猫、小猴找回来，刚要上楼梯，忽听楼上枪声砰然作
响，不禁吓了一跳。

痛哭起来。何子英很快就找到了小猫和小猴，看到他们两个蹲在那里哭泣，何子英心里也十分难受。小猫和小猴本来身世就苦，现在妈妈也被火烧死了，刚才还无缘无故地挨了爸爸何仁斋的一顿斥骂和责打，心里肯定委屈极了。何子英跑上去，安慰了小猫和小猴一番，然后又强拉着两人回到了何家。小猫和小猴尽管很不情愿，不愿意再看到何仁斋，更害怕他高举着的文明棍，但现在他们两个也没地方去，最后还是跟随何子英回到了何家。小猫和小猴小心翼翼地跟在何子英身后，走路都有些战战兢兢，担心又遇到何仁斋。就在何子英带着小猫和小猴进了客厅，刚要上楼梯时，忽然听到楼上"砰"的一声枪响，三个人都不禁吓了一跳。

何子英心里有些纳闷，这是什么声音呢？听着像是枪声，可哪里会来枪声呢？这又是出什么事儿了呢？小猫和小猴虽说没见过什么世面，但还是听出来了，两人不自觉地又哆嗦了起来。寻思着刚才何仁斋是用文明棍打我们，莫非这次是要动枪赶我们？两人有些腿肚子发软。听到枪声，何子英便拉着小猫和小猴往楼上跑去，小猫和小猴此时腿有些发抖，爬楼梯都有些费劲。何家的佣人们也听到了枪声，大家不明白发生了什么事情，都跑了出来，聚在了客厅里。有人说枪声是从二楼传出来的，大家抬头往楼上看了看，知道何仁斋在楼上，但不明白怎么会有枪响，于是都跟

☆又出什么事了！子英连忙跑上楼去。何家的佣人们也都赶了上来。

着何子英和小猫、小猴往楼上跑去。大家心里都在揣摩，大白天怎么会有枪声呢？这声枪响是不是何仁斋开的枪，如果是他，他是在射击谁呢？如果不是他，那么又会是谁在二楼呢？大家一边寻思着，一边跑到了二楼。

大家上到二楼，看到何仁斋倒在血泊中，头上还在往外不停地淌着血。何子英见爸爸倒在了梳妆台旁边的沙发上，身体还不停地抽搐，忙跑过去跪在了地上。他双手紧紧地抱着何仁斋的脑袋，希望他能醒过来。但是已经不可能了，何仁斋是去意已定，所以这一枪打得很准。他右手持枪，枪口对着太阳穴，子弹

从右侧的太阳穴正中射入，然后贯穿整个大脑后从左侧的太阳穴偏上部位射出。血正不停地从伤口处汩汩地往外冒着。何子英使劲搂住了何仁斋，大声哭喊着，希望爸爸能睁开眼看看他。但是，一切都迟了，该发生的都发生了，何仁斋再也不会醒来了。他的抽搐也只是短暂的很快他就不动了，身体也在慢慢变凉。何子英跪在地上，眼睛呆呆的看着已经停止了呼吸、体温正在下降的何仁斋。那把手枪也已经从何仁斋的手里脱落了，掉在离他的身体不远的地方。小猫和小猴也彻底被眼前的这一幕吓傻了，两人不知道这是怎么了，发生了什么事。

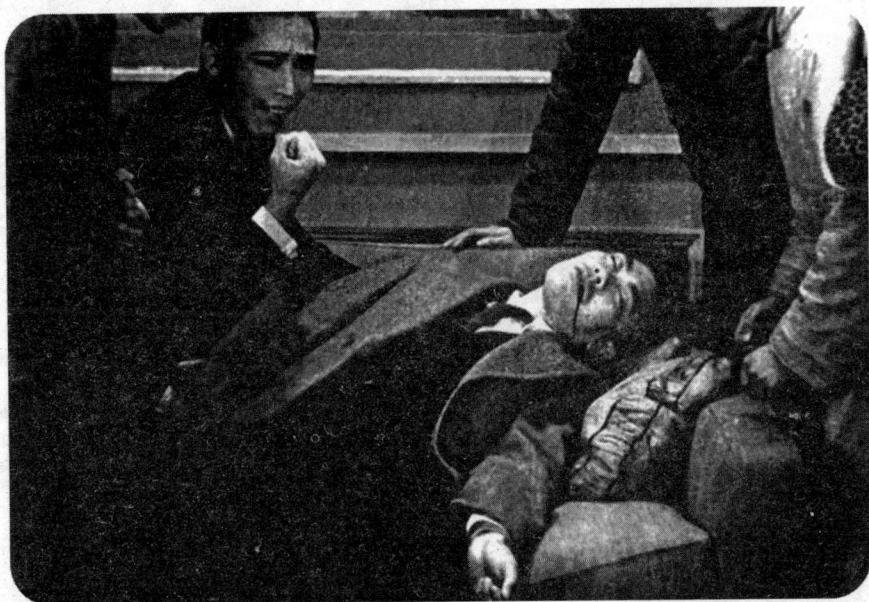

☆何仁斋没有说出一句话，躺在血泊里气绝身亡。

第十一章

沧海孤帆

至此以后，华洋渔业公司全归日本人和其他出资方所有了，跟何家没有一点儿关系。何家破产后，何子英落得孑然一身。何子英的命运也发生了巨大的转折，瞬间由一个阔少爷沦为了一个游民。他什么都没

☆从此，华洋渔业公司全归日本人和其他出资方所有了。何家破产后，子英落得孑然一身。为了生活，他受雇到一条百吨重的小机器渔船上当船长。

了，原本属于何仁斋的所有资产都没有了。为了生活，何子英开始找工作，他有幸找到了一份在一条百十来吨重的小机器渔船上当船长。尽管这份工作跟他在国外所学相差甚远，根本无所施展，但没办法，现在的何子英已经顾不了太多，先有口饭吃，填饱肚子就行了。

当何子英当上这个小机器渔船的船长后，他并没有忘记帮助小猫、小猴，把他们两个人也介绍到船上来当船工。在何子英眼里，从小到大他都把小猫和小猴当做自己的兄妹来看待，虽然起先两家人的生活地位也不同，但何子英却从没把他们当做外人去看待，

☆子英没有忘记帮助小猫、小猴，把他们俩人也介绍到船上去当船工。他们很快就熟悉了机器船上的一些工作。

尽管他的爸爸何仁斋经常当着他的面训斥自己的奶妈徐妈，但是他依然很是同情徐妈一家人。现在，何子英也跟小猫、小猴一样，都成了无依无靠的孤儿。他失去了父亲，家也跟着没有了，曾经的繁华一去不复返，曾经庞大的家业，就这样的倒塌了。这一切不是因为别的，皆是因为何仁斋交友不慎，太相信别人了。经过这次事情之后，何子英仿佛一下子长大了，他感觉自己肩上的担子很重。尽管他已经失去了亲人，也没有了停靠，连遮风挡雨的地方也没有了，但是他却越发地看到了生命的真谛。现在，他认为小猫和小猴就是自己唯一的亲人，所以他处处替两人着想。小猫和小猴也很争气，两人在这艘小机器渔船上很快就熟悉了机器船上的一些工作。

虽然是一艘机器渔船，但也只有动力靠的是机器的带动，其他的方面和普通的渔船并没有什么区别，抛锚、起锚、撒网、收网等这一切都是靠船上的船工们来努力完成。船工们的工资都很微薄，一年下来也没多少钱，吃得也很差，长时间繁重的体力劳动把人们折磨得死去活来，痛不欲生。基本上每天都在海水的浸泡中生活，船上潮气很大，身上奇痒无比。尽管偶尔会见到太阳，但阳光照在船上，已经起不到任何的抚摸作用。大家不停劳作，累了，就稍微直下腰，然后接着干。没办法，船工的生活就是这么的现实，每个人都为了生计，为了养家糊口，不得不从事船工

的工作。尽管大家都很累，很辛苦，但没人会唠叨，也没人会说出来，因为那样不会解决任何实质性的问题，只会让大家更加苦累。每天的撒网和收网可以说是一天当中最辛苦的事情了，那长长的大网需要六七个人用力地拉拽才能将它从深深的海里拖出来，每一次收网，都不亚于一次重生。

☆船工们的工资都很微薄，吃得也很差，长时间繁重的体力劳动把人们折磨得死去活来。

特别是对于小猴来说，他本来天生体质就差，身体很羸弱，再加上船上工作的辛苦，终于在超负荷的劳作和渔船的颠簸中力竭，摔倒在了船上，再怎么挣扎也爬不起来了。

☆小猴因体质差，终于在沉重的劳作和渔船的颠簸中力竭摔倒，再怎么挣
　扎也爬不起来了。

　　大家见小猴突然晕倒了，也顾不上手头正在拉拽
着的渔网，忙看小猴是怎么回事。大家把小猴抬到了
甲板上一处宽敞的地方，小猫听说哥哥在干活时由于
体力不支昏了过去，忙跑过来看哥哥。何子英也从船
长室跑了出来，他看到小猴脸色苍白，额头上满是汗
水，嘴唇也有些发紫，双眼紧闭着。何子英虽然不清
楚目前小猴到底是什么症状，但他看出来小猴明显是
体力不支。从目前的情况来看，十有八九小猴是劳累
过度，有些乏力所致。见此状，何子英忙让船工去叫

☆小猫和船工们放下工作来搀扶他，子英也从船长室跑来了，并叫了船上
的医生来看他。

船上的随船医生。他想知道小猴到底是怎么了，是因为工作太劳累，还是由于身体有什么疾病，突然发作导致他倒下了。因为对于何子英来说，他总感觉自己欠小猫和小猴很多，特别是小猴，从小到大，体弱多病，身体一直不好，还经常闹病。何子英知道，这一切皆是由于小猴在小的时候缺少母乳的喂养所导致的自身的免疫能力下降，营养摄入不足，所以才成了现在的样子。

船上的医生很快就带着药箱跑过来了，医生拨开

围在小猴周围的船工们，蹲在地上，先是用手拨开小猴紧闭着的眼睛看了看，然后又把手放在了小猴的鼻子前边，试了试小猴的鼻息，过了片刻，又用右手的大拇指掐小猴的人中，但效果好像也不太明显，小猴也没有什么反应，依然僵卧在甲板上。船上的医生抓住小猴的胳膊，捋起他那破旧衬衣的袖子，然后用三根手指搭在了小猴的胳膊上，开始号脉。小猴脸上的肌肉抽搐了几下，好像是醒过来了，但眼睛却好像睁不开，只见他张大嘴巴，在不停地喘气，仿佛气管被什么东西堵住了一般。大家都用期待的目光看着医生，

☆医生诊视后，对船长和亲属暗示：病人没有希望了。他不肯开药就走开了。

　　小猫更是双手紧紧地搂着哥哥的脖子，用祈求的眼神看着医生，希望他能告诉自己，哥哥没什么事，只是疲劳过度，休息一会儿就会好了。医生拿出听诊器又在小猴的脖子上听了一会儿。最后医生站了起来，看了看船长何子英和小猴的妹妹小猫，暗示他们：病人没有希望了。医生觉得小猴已经没有开药的必要了。

　　医生的表情让小猫感到很痛心，她知道哥哥没有救了，心里非常难过。小猫看着躺在自己怀里的哥哥小猴，泪如泉涌，现在她已经失去了妈妈，只剩下双胞胎哥哥相依为命了。可是，哥哥却又突然倒下了，

☆小猫看着小猴泪如泉涌，但痴憨的小猴并不知道已经临近死亡，就要离开人世。小猴说："不要紧，我躺一会儿就会好的……妹妹，你怎么在哭啊?"

这可让她一个人以后怎么办呀！小猫哭得更厉害了，泪水顺着脸颊直往下淌，落在了脚下的甲板上。但痴憨的小猴并不知道自己已经临近死亡，就要离开人世了。他仰着头，对小猫说道："不要紧，我躺一会儿就会好的……"听了哥哥的话，小猫越发的伤心，想着自己和哥哥的命太苦了两人刚出生不久，父亲徐福就因为出海捕鱼而遭遇了海难。后来是一直照看他们的婆婆也撒手人寰。辗转来到上海，投奔了舅舅，不成想平静的生活刚开始，妈妈和舅舅也被一场突如其来的大火夺去了生命。现在倒好，就连与自己相依为命的哥哥也要离开自己了，你说她的心里能不难受么。

小猫心里越是痛苦，泪水越是流得多，小猴努力地睁开双眼，看到眼前的妹妹满脸的泪水，他有些不知所措，看着可怜的妹妹问道："妹妹，你怎么了呀？怎么在哭呀？是谁欺负你了么？还是你哪里不舒服了呀？"说这些话时，小猴已经感觉有些有气无力了。听了哥哥这一连串的问话，小猫更是难以自制，哭得更猛烈了。小猴见小猫还在哭个不停，他一边挣扎着用手帮妹妹擦拭着脸上的泪水，一边想让何子英帮他劝劝妹妹，让她别哭了。当小猴转头看向何子英时，望着何子英问道："嘻嘻……少爷……你为什么也哭啊？"此时的何子英，面无表情，脸色凝重，泪如泉涌，泪水顺着他的下巴往下滴。何子英看着躺在甲板上已经无可救药的小猴，心里十分难过。尽管自己刚刚失去

了父亲，失去了家庭，但他明白，小猫马上就要失去唯一的亲人了，小猴也将永远离开大家，何子英心里也特别的难受，任伤心的泪水在脸上肆虐。

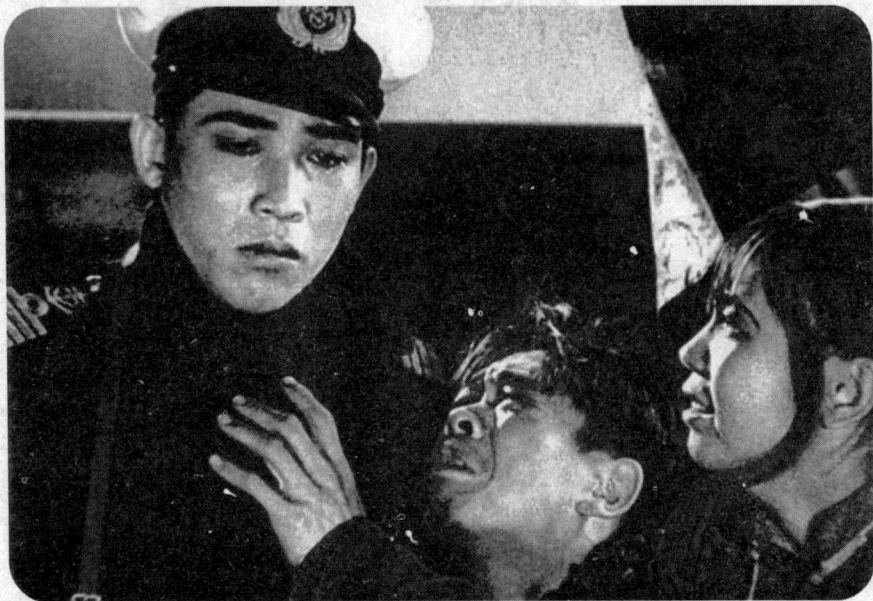

☆他又转头看见了子英："嘻嘻……少爷……你为什么也哭啊？"

看着何子英也在流泪，憨厚的小猴有些不知所措，他用颤抖的手去擦拭何子英脸上的泪水，何子英看着小猴那枯枝般的手指，忍不住紧紧地抓住小猴的手。他多希望能将自己的一些体能传输一些给小猴，这样小猴也不至于会离开这个世界。这时大家也都表情沉重，难过地围在小猴的周围，深情地看着他。小猴此时突然变得更加衰弱也更加痴傻了，他望着大家，有些结结巴巴地说道："为……什么？大家都围着我

呀……我有些怕……"所有的船工们都用同情和伤心
的目光看着躺在那里的小猴，大家虽然和小猴刚认识
不久，但也都知道了他和小猫的身世和遭遇，大家都
十分同情他们兄妹两人。大家知道小猴从小体质虚弱、
身体乏力，所以平时在船上干活时，大家都尽量让小
猴干一些轻的、力所能及的活儿。但是，大家还是没
想到，今天小猴却在收网时由于体力透支而倒下了，
这一倒，再也不能站起来了。

☆大家都很难过地围着小猴，小猴变得更加衰弱也更加痴傻了："为……
什么？大家都围着我……我怕……"

慢慢地，小猴的神智变得不那么清楚，有些模糊
起来了。但他心里还有一件事没有忘记，他用倔强的

眼神努力地看着妹妹小猫说道："嘻嘻……妹妹,你教我唱的《渔光曲》……我快会唱了……你再唱一遍给我听好吗?"

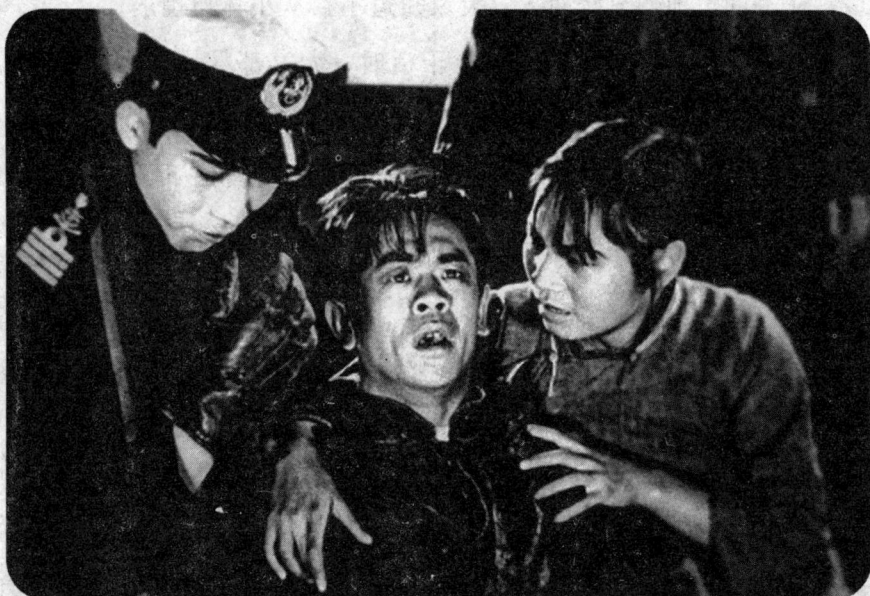

☆慢慢地,他的神智有些迷糊起来,但他心里还有一件事没忘:"嘻嘻……妹妹,你教我唱的《渔光曲》……我快会唱了……你再唱一遍给我听好吗?"

可怜的小猴,就在将要闭上双眼的那一刻,还在憧憬着美好的未来。对于他来说,他的一生、妹妹的一生都是坎坷的、多难的。在他这充满曲折与坎坷的一生当中,你要问他什么时候他最开心,那么他会告诉你,那就是他在听妹妹唱那首好听的《渔光曲》时,小猴才会感觉到这个世界上幸福的存在,才真正体会到自己的幸福。当一个生命来到这个世上,他无法选

择自己的生命轨迹，也无法预知自己的将来，就像小
猴一样，他不能改变什么。尽管他也付出了很多，甚
至比别人更艰辛的付出，他也没得到什么。对他而言，
最大的幸福莫过于此刻，躺在自己的亲人的怀里，听
着自己喜欢的《渔光曲》……

　　望着有气无力的哥哥，小猫含着眼泪深情地唱道：
"天已明，力已尽，眼望着渔村路万重。轻撒网，紧拉
绳，腰已酸，手也肿，捕得了鱼儿腹内空。鱼儿捕得
不满筐，又是东方太阳红。爷爷留下的破渔网，小心
还靠它过一冬。云儿飘在海空，鱼儿藏在水中。早晨

☆ 小猫含泪唱道："天已明，力已尽，眼望着渔村路万重。腰已酸，手已
　肿，捕得了鱼儿腹内空。鱼儿捕得不满筐，又是东方太阳红。爷爷留下
　的破渔船，小心再靠它过一冬！……"

太阳里晒渔网，迎面吹过来大海风。潮水升，浪花涌，渔船儿飘飘各西东。轻撒网，紧拉绳，烟雾里辛苦等鱼踪。鱼儿难捕船租重，捕鱼人儿世世穷。爷爷留下的破渔网，小心再靠它过一冬。东方现出微明，星儿藏入天空。早晨渔船儿返回程，迎面吹过来送潮风。烟雾里辛苦等鱼踪！鱼儿难捕租税重，捕鱼人儿世世穷。天已明，力已尽，眼望着渔村路万重。腰已酸，手已肿，捕得了鱼儿腹内空！天已明，力已尽，眼望着渔村路万重。轻撒网，紧拉绳，腰已酸，手也肿，捕得了鱼儿腹内空。鱼儿捕得不满筐，又是东方太阳红。爷爷留下的破渔网，小心还靠它过一冬……"凄婉的歌声在整个东海飘荡着……

何子英站在甲板上，听着小猫那饱含辛酸与热泪的歌声，双眼望着茫茫的沧海，感慨万分。他曾经有过"振兴渔业"、"救国救民"的梦想。正因为如此，当初他怀着如此炽热的伟大梦想而踏上了去异国他乡求学的路。他虽然是个富家子弟，却奋发图强，努力读书，学习国外的先进经验。在国外，为了学到更多的渔业知识，他除了按时听老师上课、做笔记，他还经常泡在图书馆里，翻阅更多的跟渔业相关的书。更是利用节假日和闲暇时间，亲自到国外的码头和渔场实地考察体验，甚至去渔船上做临时船工、到渔场去干搬运工。他这样做的目的只有一个，掌握更多的渔业知识，武装自己的头脑，争取有朝一日回国后，能

够学以致用，振兴我国的渔业，拯救那些受苦受难的
渔民。现在何子英终于明白了：在洋人、买办和流氓、
恶棍们所统治的上海滩上，他的梦想永远只是空想，
根本没有机会也没有空间去施展！从爸爸何仁斋的自
杀开始，他已经彻底看清了上海滩的混乱。

☆子英眼望沧海，感慨万分。他曾有过"振兴渔业""救国救民"的梦
想，现在他终于明白了：在洋人、买办和流氓、恶棍们所统治的上海
滩上，他的梦想永远只是空想。

"⋯⋯潮水升，浪花涌，渔船儿飘飘各西东。轻撒
网，紧拉绳，烟雾里辛苦等鱼踪。鱼儿难捕船租重，
捕鱼人儿世世穷。爷爷留下的破渔网，小心再靠它过
一冬。东方现出微明，星儿藏入天空。早晨渔船儿返

回程，迎面吹过来送潮风。烟雾里辛苦等鱼踪！鱼儿难捕租税重，捕鱼人儿世世穷……"抱着哥哥的小猫，嘴上唱的是《渔光曲》，而心里唱的却是自己一家人的凄惨遭遇。他们一家数代人生活在东海的小渔村，祖祖辈辈都靠租船捕鱼为生。这跟歌里面一样，捕鱼的人儿世世穷，一代又一代捕鱼，一代更比一代穷。到现在，爸爸已经死在了海上，婆婆也永远的离去了，妈妈也由于每天晚上要辛辛苦苦地编织渔网而导致双目失明，最后和舅舅都被烧死在茅草屋中。现在，哥哥就躺在自己的怀里，听着自己口中吟唱的《渔光曲》。歌由心生，悲情笼罩着小猫，她悲痛不已。她一

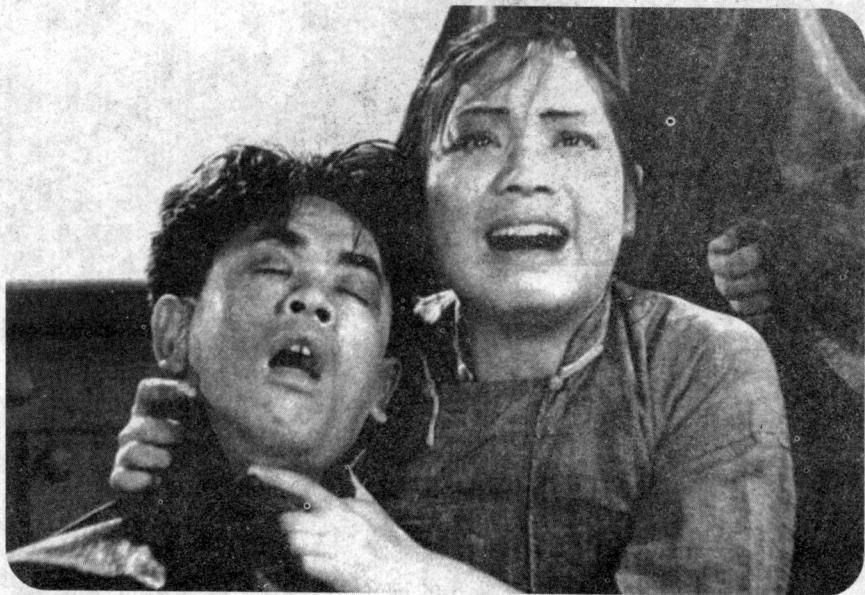

☆抱着小猴的小猫，心里唱的是自己一家人的凄惨遭遇，悲情笼罩着她，她还没有觉察到小猴已经悄悄地离开了人世。

直在投入地唱着《渔光曲》给哥哥听，可是她却没有觉察到小猴已经悄悄地离开了人世。

可怜的小猴就这样闭上了自己的双眼，尽管他有太多的不甘与无奈。但是命运就是如此，它根本不会顾及你的感受与想法，更无暇去理会你的心情与状态。命运是无常的，就像这渔船下边的水，你可以轻轻地用手指搅动它，但你永远不可能用手将它牢牢地抓住。虽然你不能奈何它，但是它却可以轻易地让你痛不欲生、撕心裂肺。它轻轻地舞动一下阴柔的身段，就可以在苍茫的大海上形成一个大大的海浪，足以将一只渔船打翻。让整条船和船上所有的人，以及船上所有的机器设备，在它的掌心里漂泊，直至陨落。也许这

☆此时，机器渔船仍然一刻不停地在浩渺的东海上工作着、工作着……

就是命运，也许这就是造化，但我们却不能向这所谓的命运屈服！东方的水面漂起一线光斑，太阳慢慢地浮出了水面，那红红黄黄的光芒在大海上四射着，将整个大海渲染成一幅丰收的金黄……新的一天又开始了，大家又都开始了周而复始的劳作。此时，机器渔船仍然一刻不停地在浩渺的东海上工作着、工作着……

"云儿飘在海空，鱼儿藏在水中。早晨太阳里晒渔网，迎面吹过来大海风。潮水升，浪花涌，渔船儿飘飘各西东。轻撒网，紧拉绳，烟雾里辛苦等鱼踪。鱼儿难捕船租重，捕鱼人儿世世穷。爷爷留下的破渔网，

☆悲怆怨愤的《渔光曲》歌声，随风飘过东海上空，也飘向远处那片片的小渔帆……

小心再靠它过一冬。东方现出微明，星儿藏入天空。早晨渔船儿返回程，迎面吹过来送潮风。烟雾里辛苦等鱼踪！鱼儿难捕租税重，捕鱼人儿世世穷。天已明，力已尽，眼望着渔村路万重。腰已酸，手已肿，捕得了鱼儿腹内空！天已明，力已尽，眼望着渔村路万重。轻撒网，紧拉绳，腰已酸，手也肿，捕得了鱼儿腹内空。鱼儿捕得不满筐，又是东方太阳红。爷爷留下的破渔网，小心还靠它过一冬……"充满悲怆怨愤的《渔光曲》歌声，带着逝者的祝愿和祈祷、带着歌者的无限哀怨与对世事的无比愤恨与无奈，随着淡淡的海风轻轻地飘过东海上空，穿过那朦胧的雾霾，飘向远处那一片又一片在东海上飘荡着的小渔帆……

电影传奇

导演蔡楚生小传

　　蔡楚生（1906－1968），广东潮阳人，自幼生长在渔村，生活贫困。1927年大革命失败后独闯上海，入华剧影片公司当演员、场记等。后结识郑正秋并受到其大力帮助，1929年入明星公司，做郑正秋的助理导演和副导演。1931年转联华公司，1932年编导电影《南国之春》，从此开始独立执导影片。"文化大革命"期间，备受迫害，重病得不到应有的治疗，于1968年7月15日逝世。

　　代表作：《都会的早晨》《渔光曲》《新女性》《迷途的羔羊》《一江春水向东流》（与郑君里合作）等。

电影背后的故事

这是摄影师周克（后排站立者，前排左起为史东山、蔡楚生、孙瑜），片中波光粼粼的海面已成为经典镜头。

这是 1934 年的"小野猫"王人美（1914－1987），
本片成了她表演和歌唱生涯的高峰。

韩兰根（1909－1982），擅长饰演底层小人物，后来成为著名的喜剧演员。

　　罗朋（1910－1937）、蔡楚生、王人美和聂耳（1912－1935）（左起）在外景地浙江石埔。四个人笑得很灿烂，不过拍戏时可没这么舒服：高温、晕船、日晒、海风吹、水土不服，到了阴雨天无戏可拍，除此之外，还要受当地党棍和绅商的骚扰。

　　这个扛木头的渔民是本片配乐，也是剧组的开心果——聂耳客串的，当时他正患扁桃腺炎，严重时高烧 40 度。这段戏拍了两次，最后还是被剪掉了。

　　《渔光曲》词曲作者：安娥（1905－1976）和任光（1900－1941）。任光时为百代唱片公司音乐部的主任，为写这首歌，他特地去渔民区观察渔民的生活和劳动。安娥还向渔民请教怎样撒网捕鱼。

这是创制"三友式"录音机的三位专家：司徒逸民、龚毓珂、马德健。为了说动联华老板试用这种国产录音机，蔡楚生费尽口舌，终于把王人美的歌声录上了影片，这多少也弥补了《渔光曲》不是有声片的遗憾。

这是百代唱片公司出版的《渔光曲》唱片——最
早由国产录音机录制的唱片。

　　工作照。这群年轻的中国早期电影人脸上洋溢着青春的自信和光彩，尽管此时他们并不知道他们将承载怎样的未来。1934 年 4 月 16 日，《渔光曲》在上海金城大戏院首映，连续八十四天爆满，创下国产片票房新纪录。1935 年 2 月，本片参加了在苏联举行的"国际电影展览会"，成为最早赢得国际声誉的中国影片。